Brevísima Relación de la Destruición de las Indias

Letras Hispánicas

Bartolomé de las Casas

Brevísima Relación de la Destruición de las Indias

Edición de André Saint-Lu

DUODÉCIMA EDICIÓN

CATEDRA

LETRAS HISPANICAS

© Ediciones Cátedra (Grupo Anaya, S.A.), 2001
Juan Ignacio Luca de Tena, 15. 28027 Madrid
Depósito legal: M. 53.254-2001
ISBN: 84-376-0341-2
Printed in Spain
Impreso en Closas-Orcoyen, S.L.
Paracuellos de Jarama (Madrid)

Índice

Introducción 11
  La *Brevísima Relación* en el contexto del combate las-
    casiano 13
  Análisis de la *Brevísima Relación* 26
  Examen crítico de la *Brevísima Relación* 46

Bibliografía 59

Esta edición 66

Brevísima relación de la Destruición de las Indias . 67
  Argumento del presente epítome 69
  Prólogo 71
  Brevísima Relación de la Destruición de las Indias . . 75
  De la isla Española 80
  Los reinos que había en la isla Española 83
  De las dos islas de Sant Juan y Jamaica 90
  De la isla de Cuba 91
  De la Tierra Firme 95
  De la provincia de Nicaragua 100
  De la Nueva España 104
  De la Nueva España 107
  De la provincia y reino de Guatimala 116
  De la Nueva España y Pánuco y Jalisco 121
  Del reino de Yucatán 126
  De la provincia de Sancta Marta 133
  De la provincia de Cartagena 137
  De la Costa de las Perlas y de Paria y de la isla de la
    Trinidad 138
  Del río Yuyapari 146
  Del reino de Venezuela 147

De la provincia de la Tierra Firme por la parte que se
    llama la Florida............................. 153
Del río de la Plata............................... 156
De los grandes reinos y grandes provincias del Perú.. 158
Del Nuevo Reino de Granada.................... 165
Lo que se sigue es un pedazo de una carta......... 178
    Carta....................................... 178

Introducción

Bartolomé de las Casas, *Varón apostólico y el más zeloso de la felicidad de los Yndios* (Biblioteca Nacional, Gabinete de Estampas).

De todos los escritos, que son muchos, de Bartolomé de las Casas, la *Brevísima Relación de la Destruición de las Indias* ha sido siempre el más difundido, tanto en su versión original como en sus numerosas y muy diversas traducciones, y sigue siendo hoy por hoy el más leído y, por supuesto, el más apasionadamente discutido. Hasta tal punto que para la mayoría de aquellos que, sin llegar a especialistas, tienen algún conocimiento de Las Casas, viene esta obra a confundirse, representándola por entero, con la figura histórica de su autor, así identificada de una vez para todas a través de estas tremendas denuncias de atrocidades.

Tal estado de cosas no podía menos de resultar difícilmente compatible con un cabal enjuiciamiento del fenómeno lascasiano en general e incluso de la propia *Brevísima Relación*. El caso es que los enfoques de este libelo, llamándolo así, siquiera provisionalmente, han sido desvirtuados con frecuencia por unos prejuicios muy ajenos a su verdadero alcance y finalidad, ora se esgrimiese sin más ni más como testimonio irrecusable de la barbarie de los conquistadores, ora se considerase, a la inversa, como un alegato fiscal por demás fantástico cuando no malintencionado, difamatorio de España y de su gran empresa colonizadora.

Pero hasta en el caso, que también ha podido darse, de una visión serena y ponderada de la obra, no parece del todo procedente enfocarla así aisladamente, haciendo abstracción del ingente conjunto de los escritos lascasianos, ni aun otorgarle una arbitraria primacía, como si

11

se tratara de un arquetipo. Por cierto que esta incisiva denuncia sistemática, no tan breve como lo dice el título, de los agravios perpetrados durante medio siglo de conquistas y de explotación colonial, con haber sido compuesta y después publicada en muy particulares circunstancias, no deja de ser bien representativa del genio y estilo del defensor de los indios. Pero si llama más la atención, por su fuerte dosis de efectismo, que cualquier otro escrito de Las Casas, ha de entenderse concretamente, y al igual que las demás obras, como un elemento constitutivo de un todo, como pieza no disociable de un sistema más amplio y más complejo. Al considerarla como tal, se observa en primer lugar que no es la *Brevísima Relación* el único texto de contenido acusador, ya que asoma la denuncia y se abre paso, no pocas veces, con igual vehemencia, en la mayoría de los escritos lascasianos, desde los primeros memoriales hasta el mismo testamento. Por otro lado, esta faceta denunciadora de la obra no es más que una vertiente de un conjunto mucho más diversificado, donde coexisten y se afianzan con calculada coherencia gran variedad de temas y géneros, trátese de proyectos de reformación de las Indias —los llamados remedios—, de informes, peticiones y representaciones particulares, de extensos trabajos históricos o antropológicos, o de tratados doctrinales de carácter político, jurídico, misional o teológico.

Por fin, si bien es cierto que la redacción y publicación de la *Brevísima* corresponden a unos momentos decisivos de la carrera de Las Casas, siendo entonces dicha obra, como lo fueron las demás en sus respectivas ocasiones, una forma privilegiada de su acción, también es evidente que no se pueden disociar estos momentos, por situarse precisamente en el medio de la trayectoria, de la continuidad del largo combate lascasiano. De ahí la necesidad de integrar la *Brevísima Relación* en este contexto histórico y biográfico global, siempre que se aprecien, en el momento oportuno, sus circunstancias bien concretas.

La Brevísima Relación *en el contexto*
*del combate lascasiano**

Según el testimonio de la *Historia de las Indias*, obra
de rico contenido autobiográfico, fue en 1514, o sea a
los treinta años de su vida y doce de su llegada al Nuevo
Mundo, cuando empezó Las Casas a reaccionar contra
los abusos cometidos por los españoles en perjuicio de
los indios. Bien pudo ser esta resolución, según cuenta
en la *Historia* (lib. III, cap. 79), el resultado de una ilu-
minación súbita, a raíz de una meditación del entonces
clérigo colono sobre algunos versículos del Antiguo
Testamento que condenaban la explotación de los pobres por los poderosos [1]. Cabe pensar, sin embargo, que
su llamada —no por él sino por los biógrafos— «primera
conversión» venía madurando desde hacía tiempo, al
compás de una progresiva toma de conciencia de las
iniquidades del sistema colonial, posiblemente favore-
cida, a la larga, por las amonestaciones de los Montesinos y demás religiosos dominicos iniciadores en la isla
Española [2] de la lucha por la justicia [3], pero suscitada y
alimentada antes que nada por el triste espectáculo del
desamparo y padecimiento de la población indígena.
Lo cierto es que esta experiencia antillana acumulada
en los primeros años, aunque lenta en concretarse en
inquietas interrogaciones y en desembocar en apre-
miantes exigencias humanitarias, dejaría profundas hue-
llas en la sensibilidad del clérigo y se grabaría indele-
blemente en la memoria del futuro historiador de las
Indias, como lo prueban las numerosas páginas de la
Historia en que describe con los pormenores más con-

---

* Para datos más completos sobre la vida, acción y obras escritas
de Las Casas, consúltense los trabajos enumerados en la *Bibliografía*.
[1] *Eclesiástico*, 34.
[2] Haïti.
[3] En sus famosos sermones de diciembre 1511, fray Antonio Montesinos denunciaba la cruel e injusta servidumbre impuesta a los indios
por los colonos de la Española.

cretos —toda clase de muertes, suplicios y atropellos— las atrocidades perpetradas en la Española en tiempos de los gobernadores Bobadilla y Ovando (primeros capítulos del lib. II), o la cruel matanza de Caonao en Cuba, a la que asistiera sin poder contrarrestarla (cap. 29 del lib. III), amén de todos los agravios y estragos consiguientes a la práctica de los repartimientos y de la esclavitud. Nada extraño, en verdad, que tan obsesionante experiencia personal diese también materia, tocante a las islas, a algunos de los párrafos más llenos de detalles horríficos de la *Brevísima Relación*.

Volviendo al clérigo ex colono y a sus primeros afanes en defensa de los indios oprimidos, se sabe que después de denunciar desde el púlpito, como lo hiciera Montesinos, su inhumana explotación y darse cuenta, él también, de que clamaba en el desierto, decidió regresar a España para alertar a las autoridades del máximo nivel [4]. Empieza entonces, entre las muchas fluctuaciones e incertidumbres políticas de aquellos años (1516-1520), su acción propiamente pública, recordada con morosa complacencia y gran suma de pormenores en la *Historia* (lib. III, cap. 84 y ss.). De la sustancia de sus denuncias y de sus «remedios», doble faceta de un mismo propósito reformador, dejan constancia una serie de memoriales presentados una y otra vez a los responsables de las Indias [5]. Los memoriales de agravios se ciñen preferentemente a los abusos resultantes de los repartimientos indebidos y de la explotación deshumanizada de los indios, sin dar cuenta de los desastres de las primeras guerras de represión y de conquista. Y es que al clérigo, que miraba al presente y al porvenir de las islas, no le importaba tanto, a la sazón, referir daños pasados, de todos modos irreparables, como denunciar males bien actuales y susceptibles de remedios. Con todo, y a pesar de ser estas relaciones muy esquemáticas o haberse

---

[4] Así lo cuenta en la *Historia*, lib. III, caps. 79-80.
[5] Textos publicados en *B. A. E.*, t. CX, documentos núms. I a VI.

conservado sólo en forma de extractos, ofrecen ya amplias muestras, a más de la corrupción reinante entre gobernantes, administradores y oficiales, tan dañosa para los indios, de los crueles tratamientos y tormentos infligidos a los mismos por la rapacidad de los colonos: trabajos agotadores y mortíferos como el de las minas, privación de comida y mantenimientos, castigos corporales y prisiones, y demás agravios por el estilo. Y es muy de notar, en la primera «representación» elevada por Las Casas a las autoridades (marzo 1516), la insistencia con que subraya, de entrada, la buena acogida que los indígenas reservaban a los españoles, anticipando ya con este contraste uno de los procedimientos más sistemáticos de la *Brevísima Relación*. También han de señalarse en dicho texto, dentro de esta misma perspectiva, las primeras apariciones de la palabra «destruición» —con las formas verbales correspondientes—, término clave de la *Brevísima* y de casi todos los escritos del defensor de los indios.

Respecto a los memoriales de remedios, del mayor interés para apreciar las ideas reformadoras del clérigo, no poco orientadas en esa fase inicial por su mentalidad de ex colono, importa cuando menos destacar aquí el cambio intervenido entre los planes de 1516-1517, que se refieren únicamente a las islas y proponen reformas apropiadas a su desastrosa situación (tal la sustitución de los repartimientos individuales por encomiendas colectivas o el envío de familias de labradores españoles), y los proyectos, peticiones y contratos posteriores (1518-1520), relativos desde ahora a la extensa Tierra Firme sudamericana, todavía poco explorada y menos conquistada, y por tanto favorable para experimentar nuevos métodos de penetración y colonización[6]. Sin dejar de lado el aprovechamiento razonable de las presuntas ri-

---

[6] Ya los misioneros dominicos y franciscanos habían intentado instalarse en Tierra Firme, a pesar de las incursiones depredadoras de los cazadores de esclavos.

quezas de esos países, revelan dichos textos una concepción totalmente renovada de la empresa colonizadora, ya que las conquistas armadas y la consiguiente explotación coercitiva de los indígenas, de nuevo reiteradamente denunciadas con toda crudeza, vienen sustituidas por unos pacíficos establecimientos de colonos al amparo de algunas fortalezas, siendo ahora los religiosos, a las órdenes de unos obispos virtuosos, los encargados de atraer a los indios, «porque más suele allí asegurar un fraile que doscientos hombres de armas»[7]. En cuanto a la suerte que tuvieron estos proyectos más o menos utópicos, sin entrar en circunstancias ajenas a la perspectiva de esta introducción, basta recordar que tanto en las islas como en Tierra Firme, las resistencias y obstáculos con que tropezaron impidieron su realización, y que el fracaso personal del clérigo, quien había intentado su propio experimento en el sector continental de Cumaná, le llevó a un cambio de vida tan determinante como fue, en 1522, su ingreso en la Orden dominicana[8].

De los años de retiro de fray Bartolomé en los conventos de la Española[9], que a lo sumo representarían un paréntesis en el curso de su acción, se sabe que además de aprovecharlos para adquirir unos conocimientos jurídicos y teológicos de que antes carecía, empezó entonces a idear y componer su gran *Historia de las Indias*, en que iba a mostrar, de intento, todos los excesos cometidos por los españoles y agravios padecidos por los indios desde los primeros descubrimientos. Por lo demás, parece que no tardó mucho en reanudar, pese a las molestias que le causaban las autoridades, su lucha

[7] Memorial de remedios para las Indias, 1518, *B. A. E.*, t. CX, documento núm. IV, pág. 33a.
[8] Sobre estos asuntos, véase el propio relato de Las Casas, *Historia*, libro III, caps. 159-160.
[9] El de Santo Domingo, y el de Puerto de Plata (en la costa norte), fundado por el propio fray Bartolomé.

activa contra los abusos, denunciando de nuevo la esclavitud y la «dèstruición» de los indios, y tratando de conseguir de los pobladores la restitución de los bienes mal ganados.

Pero donde se vuelve a manifestar con todo vigor y solemnidad esta nunca perdida voluntad denunciadora y reformadora de Las Casas es en su severa admonición de 1531 al Consejo de Indias [10] en que reitera las siniestras enumeraciones de los desmanes y atrocidades cometidos por los españoles, y describe patéticamente las miserias y angustias de los naturales. Interesa mucho anotar aquí la cita del Evangelio en que reproduce las palabras del Hijo de Dios a los apóstoles: «Yo os envío como ovejas entre lobos para amansarlos y traerlos a Cristo», y la consiguiente reconvención que dirige a los consejeros: «¿por qué en lugar de enviar ovejas que conviertan los lobos, enviáis lobos hambrientos, tiranos, crueles, que despedacen, destruyan, escandalicen y avienten las ovejas?». Habrá de tenerse muy en cuenta este irrebatible argumento evangélico en el momento de evaluar el verdadero sentido e impacto de una frase clave de la *Brevísima Relación*.

Este nuevo modo de atracción de los indios al estilo apostólico y a cargo de religiosos escogidos, tal como lo definía a continuación en su carta al Consejo y lo fundamentaría doctrinalmente por las mismas fechas en un copioso tratado latino, el *De unico vocationis modo omnium gentium ad veram religionem* [11], intentó Las Casas experimentarlo en los años siguientes para probar a todos que además de ser el solo válido era también perfectamente practicable, consiguiéndolo primero en la isla Española con su oportuna intervención en la reduc-

---

[10] *B. A. E.*, t. CX, doc. núm. VII; para las citas dadas a continuación véase pág. 49a.

[11] «Del único modo de atraer a todos los pueblos a la verdadera religión.» Este tratado debió ser anterior en algunos años a la carta al Consejo de Indias.

ción del cacique rebelde Enriquillo [12], y en mayor escala, después de encontrar oposiciones insalvables en Nicaragua de parte de las autoridades, en la «Tierra de Guerra» guatemalteca, zona a la sazón sin conquistar, que lograría reducir pacíficamente con la ayuda de unos pocos frailes de su Orden, y que andando el tiempo recibiría a petición suya el nombre de Vera Paz [13]. Anheloso sin embargo de obtener el «total remedio» de las Indias, cuya destrucción continuaba por todas partes y especialmente en el Perú, nueva presa expuesta a la codicia devastadora de los conquistadores, vuelve fray Bartolomé a España en 1540 para renovar su acción al máximo nivel, iniciando en seguida, cerca del emperador y su Consejo, unas actividades de gran amplitud que iban a proseguirse durante cuatro años.

No dejaba entonces la coyuntura «indiana» de ofrecer algunos factores favorables para la causa, por otra parte tan contrariada, del defensor de los indios. Poco hacía que el Papa Pablo III había proclamado en su bula *Sublimis Deus* que los indios no podían ser privados de su libertad ni de sus bienes, y debían ser llamados a la fe por la predicación y el buen ejemplo [14]. Y fray Francisco de Vitoria, en sus famosas lecciones de Salamanca sobre los indios y el derecho de guerra [15], acababa de asentar, aunque sin llegar al radicalismo lascasiano, una sabia doctrina condenatoria de la mayoría de los títulos y modos de posesión tradicionales. Más decisiva todavía pudo ser en esos momentos, frente a los propios excesos de una colonización depredadora, la necesidad pragmática de una gran reforma del sistema establecido.

[12] A ella se refiere Las Casas en una carta al Consejo de Indias de 1534, *B. A. E:*, t. CX, doc. núm. VIII.

[13] Véase André Saint-Lu, *La Vera Paz. Esprit évangélique et colonisation*, París, Institut d'Etudes Hispaniques, 1968.

[14] Texto de la bula (en español) en Lewis Hanke, *La lucha por la justicia en la conquista de América* (parte II, cap. 3), Madrid, Aguilar, 1957.

[15] Edición bilingüe en *Corpus Hispanorum de Pace*, vols. V y VI, Madrid, 1981.

Las Casas, por supuesto, no escatimaría sus esfuerzos para conseguir de una vez, a favor de un ambiente que podía parecerle propicio, la plena realización de sus designios. Además de aprovechar todas las ocasiones para informar verbalmente al emperador y sus consejeros, y exponerles de palabra las oportunas medidas reformatorias, redactó entonces una serie de memoriales, representaciones y peticiones en que denuncias y remedios se conjugan estrechamente para integrar el más impresionante de los expedientes sobre todos los problemas de las Indias. Dos de estos escritos se singularizan por lo sustancioso y contundente de su contenido. Uno de ellos es el llamado *Octavo remedio* [16], que formaba parte de los veinte presentados en 1542 por fray Bartolomé, y sólo conocidos en su conjunto a través de un breve texto sintético [17]. Consiste el octavo en nada menos que la supresión total y definitiva de las encomiendas, y la incorporación directa de todos los indios a la Corona real «como súbditos y vasallos libres que son». Para justificar tan radical liquidación del pasado, habiendo sido la encomienda, casi desde los principios, la piedra angular del edificio colonial, demuestra el autor cumplidamente la nocividad de todas las formas existentes de repartimientos, cesiones y depósitos de indios, acumulando contra ellas una copiosa y apretada argumentación a base de principios jurídicos y de experiencia personal. Resulta de ello que este escrito, con pertenecer a la categoría de los remedios, tiene evidente parentesco con un tratado dogmático y más aún con un verdadero memorial de agravios, designación esta última que tal vez lo defina mejor que otra ninguna. Vuelven, en efecto, en esas páginas, con obsesiva insistencia, la denuncia de los abusos cometidos por los encomenderos y la inagotable retahíla de los sufrimientos de los indios, con toda la fuerza expresiva del léxico y estilo lascasianos, en torno al con-

---

[16] *B. A. E.*, t. CX, doc. núm. XI.
[17] Memorial de remedios, *ibíd.*, doc. núm. XII.

cepto central de «destruición», y sin que falte la conocida imagen, por lo demás omnipresente en casi todas las obras de Las Casas, de las «manadas de ovejas» entregadas a «muy hambrientos lobos» [18]. También ha de advertirse, al final del mismo escrito, la solemne predicción, cuyo eco seguiría resonando en la *Brevísima Relación* y en textos posteriores, de la próxima «destruición» de España, de no ponerse término a la calamidad de los repartimientos [19].

Entre los remedios pedidos entonces por fray Bartolomé tenía también primordial importancia aquél que se refería a los descubrimientos y conquistas. Como era de esperar, coincidía este remedio, en sustancia, con el método de atracción evangélica expuesto años antes, y traía consigo la absoluta prohibición de las empresas armadas, con suspensión inmediata de todas las operaciones de este tipo [20]. Ahora bien, así como la supresión de las encomiendas tenía que ser fundamentada por la exposición de todos sus daños, de la misma manera sintió Las Casas la necesidad de hacer constar muy concretamente los desastres ocasionados por las guerras de conquista, escogiendo con este fin el modo más proporcionado para impresionar a los responsables de las cosas de Indias, o sea, la relación directa, cruda e implacable de todas las atrocidades perpetradas por los conquistadores en medio siglo de entradas armadas en el Nuevo Mundo. Esta es justamente la materia del otro gran escrito de 1542, la *Brevísima Relación de la Destruición de las Indias*.

Las Casas, para componerla, no carecía de informes. Ya como testigo ocular, durante sus treinta y tantos años pasados en las Indias, había podido observar en

[18] *Ibíd.*, pág. 77a.

[19] «por aquellos pecados, por lo que leo en la Sagrada Escritura, Dios ha de castigar con horribles castigos e quizá totalmente destruirá toda España», *ibíd.*, pág. 119b.

[20] Memorial de remedios: «Cerca de las conquistas y descubrimientos», *ibíd.*, págs. 121-123.

demasiadas ocasiones el comportamiento inhumano de los españoles y los crueles padecimientos de los naturales. A esta dolorosa experiencia personal se añadían los relatos escritos u orales que pudo también recoger de varias partes. Y se recordará que durante sus años de vida conventual en la Española, había consignado en la primera redacción de su *Historia* todo lo que podía saber tocante a descubrimientos y conquistas, haciendo resaltar muy de propósito, con gran copia de datos, lo catastróficos que habían sido para las poblaciones indígenas. Por fin, desde su regreso a España y sus gestiones en la corte, parece que tuvo la posibilidad de complementar con papeles que obraban en el Consejo de Indias su ya abundante documentación[21].

En cuanto a la composición de la *Brevísima Relación*, se sabe que fue precedida de amplias exposiciones orales, lo que supondría una primera redacción muy detallada, en la famosa Junta vallisoletana de 1542 convocada para examinar los problemas de las Indias, y posiblemente, el mismo año, ante el propio Carlos V. Habiéndosele pedido al prolijo expositor que pusiese por escrito más sumariamente la materia de tan copioso memorial de agravios, empezó acto seguido a redactar una versión más compendiosa, concluyéndola —como indicó al final— en Valencia, adonde acompañara al príncipe don Felipe, encargado entonces del gobierno, a 8 de diciembre de 1542. Destinada la obra a los gobernantes, y en primer lugar al príncipe, a quien parece que fue presentada, puédese pensar que se sacaron de ella varias copias. En todo caso pasarían diez años antes de que, dada a la imprenta —casi secretamente— por su autor, saliera la *Brevísima* de su reducido círculo oficial para empezar poco a poco a difundirse hasta volverse un libro público, iniciando por cuenta propia su extraordinaria carrera bibliográfica.

---

[21] Véase, por ejemplo, la probanza a que se refiere en el apartado sobre el Nuevo Reino de Granada.

Las Casas, por su lado, seguía sin descanso con su lucha de siempre. Sus gestiones en la corte no habían dejado de surtir efecto: a nivel legislativo, las importantes Ordenanzas o Leyes Nuevas de 1542-1543 [22], fruto principal de su acción reivindicadora, representaban cuando menos, con la liquidación progresiva de las encomiendas, la supresión de la esclavitud de los indios y una más estricta reglamentación de las conquistas, amén de otras medidas de saneamiento y protección, un triunfo parcial de sus ideas. Había que contar, sin embargo, con la reacción colonial que no se hizo esperar y tomó formas violentas, obligando a la Corona a retroceder y consentir poco después el restablecimiento de las encomiendas [23]. Las Casas, que había denunciado la insuficiencia de las Leyes [24], trató también, por supuesto, de contrarrestar la resistencia de los colonos. Vuelto a las Indias como obispo de Chiapas, con una lucida falange de nuevos misioneros, pudo medir en el mismo lugar las dificultades del combate [25]. Frente a la recia oposición de los encomenderos y dueños de esclavos, y a la malevolencia de las autoridades territoriales, decidió regresar a España, no para retirarse de la acción sino para proseguirla allí donde se sentía más eficaz, dejando previamente en manos de unos sacerdotes escogidos de su diócesis, para presionar las conciencias de sus reacias ovejas españolas, las armas espirituales de sus drásticos *Avisos y reglas* para confesores [26].

Durante los últimos veinte años (1547-1566) de su vida y carrera pública, no aflojaron ni un momento los es-

---

[22] Facsímil, transcripción y notas de Antonio Muro Orejón, *Anuario de Estudios Americanos*, Sevilla, 1961.

[23] Ley de Malinas, 1545.

[24] Memorial Las Casas-Ladrada al Rey (1543), *B. A. E.*, t. CX, documento núm. XV.

[25] Carta al príncipe don Felipe (15-IX-1544), *ibíd.*, doc. núm. XXI, y Representación a la Audiencia de los Confines (22-X-1545), *ibíd.*, número XXIII.

[26] *Ibíd.*, doc. núm. XXVI.

fuerzos de fray Bartolomé a favor de los indios oprimidos. De su sonada controversia con Sepúlveda sobre la legitimidad de las guerras de conquista, sostenida por su adversario y negada por él, no es del caso recordar aquí las peripecias, ni analizar la apretada argumentación jurídica y teológica[27]. Pero interesa observar que una vez más, en medio de esta materia esencialmente doctrinal —como es la de la *Apologia* latina o de las *Doce Réplicas*—, se abre camino la denuncia de agravios con la fuerza expresiva de siempre, sin que falte, desde luego, la palabra «destruición» y su numerosa familia de sinónimos, ni la imagen antitética de las ovejas y de los lobos, ni aun el conocido corolario de los castigos divinos que amenazan a España.

Al lado de los textos teóricos compuestos también por Las Casas en torno a esa gran disputa, como las *Treinta proposiciones muy jurídicas* y su extenso desarrollo en el *Tratado comprobatorio del Imperio soberano*, especial atención merece, por el tema a que viene dedicado y su peculiar método demostrativo, otro sustancial escrito lascasiano, el llamado *Tratado sobre los indios que se han hecho esclavos*, redactado a petición del Consejo hacia 1548[28]. Consta también esta obra de una importante parte teórica, pero se singulariza por su copioso contenido denunciador, acumulando en largas sucesiones de párrafos —«otros, otros..., ítem, ítem...»—, una cantidad de casos y ejemplos bien concretos de prácticas esclavistas inicuas generalizadas en todas las Indias. No deja en esto de parecerse este tratado a los conocidos memoriales lascasianos de agravios y en especial a la *Brevísima Relación*, formando con ella y con el *Octavo Remedio* la trilogía más acabada —sobre esclavitud, guerras de conquista y encomiendas— de esta nutrida categoría de escritos.

Una vez terminadas, con división de pareceres entre

---

[27] *Ibíd.*, doc. núm. XXXI.
[28] *Ibíd.*, doc. núm. XXVIII.

los juristas pero con repercusiones legislativas que concordaban con las tesis del defensor de los indios, las controversias de Valladolid sobre la licitud de las empresas armadas, pudo fray Bartolomé, que había renunciado a su obispado, dedicarse a la difícil tarea, aunque para él no era nueva, del reclutamiento y envío a las Indias de misioneros escogidos. Y fue entonces cuando, aprovechando su estancia en Sevilla (1552-1553), decidió dar a la imprenta ocho escritos suyos compuestos en los años anteriores, entre los cuales figuraban, además de los textos marcadamente doctrinales, aquellos en que predominaba la denuncia de los agravios, o sea, el *Octavo Remedio*, el *Tratado de los esclavos* y, por supuesto, la *Brevísima Relación*.

Esta decisión la tomó Las Casas, según parece, a fin de que los nuevos religiosos que estaban a punto de marcharse pudieran llevarse, para instrucción propia y también para adoctrinamiento más completo de los que ya estaban en las Indias, un suficiente número de ejemplares de dichos textos, quedando probablemente de ellos cierta cantidad destinada a eventuales lectores peninsulares. Así se explica, sin duda, la prisa que se dio el autor en publicar esos escritos, cuyas ediciones no llevan ninguna licencia o aprobación oficial. En cuanto a la *Brevísima*, impresa en la casa de Sebastián Trujillo a fines de 1552, su texto primitivo de 1542, precedido de un Argumento de la obra y de un Prólogo dirigido al príncipe don Felipe, venía completado, a modo de apéndice, por unos párrafos añadidos en 1546 para denunciar el incumplimiento de las Leyes Nuevas, especialmente en el Perú, y acompañado, en forma de breve documento publicado a continuación, de un «pedazo de carta» en que se referían las tropelías cometidas por cierto capitán en el Nuevo Reino de Granada.

También en aquel entonces reanudó Las Casas su tarea historiográfica, prologando, ampliando y poniendo en limpio su gran *Historia de las Indias*, obra como sabemos de marcado propósito denunciador, de la cual separó, debido a su enorme extensión, la *Apologética Historia*, verdadera enciclopedia del Nuevo Mundo en que probaba largamente la plena capacidad de los indios, concluyendo que no tenían nada que ver con la categoría de los bárbaros, y debían por lo tanto ser tratados como hombres de razón. Siempre atento, por otra parte, a las nuevas amenazas que se cernían sobre sus protegidos, intervino además fray Bartolomé en el espinoso asunto de la perpetuidad de las encomiendas solicitada con instancia por los colonos, cuyas razones rebatió con redoblado ardor. En su «carta grande» de 1555 a fray Bartolomé Carranza de Miranda, confesor del príncipe, en que repite o actualiza muchos argumentos del *Octavo Remedio* contra los repartimientos, resurgen a cada paso, pintadas con los más negros colores, las tiranías de los españoles «matadores y destruidores del linaje humano», que pretenden sacar «los pellejos, vidas y ánimas» de sus inocentes víctimas [29]. Hasta sus últimos años, en verdad, seguiría luchando el procurador de los indios, denunciando en nuevos tratados —el de las *Doce Dudas* y el de los *Tesoros (De Thesauris)*— las graves extorsiones perpetradas en el Perú, abogando en la corte por todos los pueblos oprimidos del Nuevo Mundo, y anunciando una vez más, en su *Testamento*, la próxima «destruición» de España, previsible castigo divino de la de las Indias por los españoles [30].

A la luz de este contexto global del combate lascasiano recordado aquí a grandes rasgos, es fácil darse cuenta de que la *Brevísima Relación* no es de ninguna manera una obra aislada o extravagante. Además de formar parte, como pieza no disociable, de un conjunto de

---

[29] *Ibíd.*, doc. núm. XXXVII.
[30] «creo que por estas impías y celerosas e ignominiosas obras, tan injusta, tiránica y barbáricamente hechas en ellas y contra ellas, Dios ha de derramar sobre España su furor e ira.», *ibíd.*, doc. núm. LII, véase pág. 540a.

escritos —agravios y remedios— ligados a una determinada circunstancia, la de los años 1540 y siguientes en que trató fray Bartolomé, en un momento favorable, de obtener de una vez una gran reforma de las Indias, no es más esta obra, si se la relaciona con la totalidad de los textos de Las Casas, en que desempeña la denuncia un papel a todas luces primordial, que una de las armas, eso sí, de las más contundentes, del impresionante arsenal salido de la pluma del defensor de los indios. De no considerarla como tal, resultaría muy difícil entenderla con arreglo a su adecuada perspectiva, y por tanto juzgarla con la debida objetividad.

Análisis de la Brevísima Relación

La obra escrita de Las Casas, más allá de su pluralidad temática y de su diversidad formal, se caracteriza por una evidente unidad de inspiración y finalidad, no siendo más toda ella que un modo de acción —un modo predilecto, a la verdad— al servicio de su combate por la defensa de los indios. Nada más alejado, por cierto, de una producción de tipo literario que no tuviera otro objeto que su propio interés recreativo o estético. Dada esta índole fuertemente comprometida de la obra lascasiana, está claro que su peso y entidad le viene en primer lugar de la misma materia que la integra, siempre relacionada directa o indirectamente, hasta la más teórica, con los problemas bien concretos de la realidad indiana. Pero tratándose de un arma de combate, tiene también su importancia, a la manera de la estrategia o táctica inherente a toda clase de lucha, la organización de la materia, o sea, en este caso la estructuración de los textos con miras a la mejor consecución de los fines perseguidos. Por fin, no cabe duda de que el elemento estilístico, de tan marcada originalidad en un autor como Las Casas que viene a identificarse con el hombre, no puede menos de concurrir, y en la mayor medida, a la necesaria eficacia de esta obra militante. Resulta de ello que el análisis de cualquier escrito lascasiano debe tener en cuenta con igual atención estos tres componentes esenciales, a saber: la materia, la estructura y el estilo, exigencia que se aplica por supuesto con todo rigor a la *Brevísima Relación*. Siendo esto así, y en consideración de la sencillez y claridad estructural de dicho escrito, nada más procedente que enfocarlo directamente en función de esta estructura elemental, atendiendo a la vez, de conformidad con la distribución de la materia, al contenido textual y a los procedimientos estilísticos.

Ya en el mismo título resalta la voz «destruición», que lo dice todo de una vez: concepto global y absoluto omnipresente, como se ha visto, en la obra lascasiana, y que tenía además larga ascendencia en textos sagrados y profanos, en especial en la historiografía española medieval, donde se aplicaba con resonancias apocalípticas a la invasión musulmana de la Península[31]. Claro que atrae también la atención, por su forma superlativa y su posición inicial, el epíteto «Brevísima», tan llamativo en verdad que se suele emplear sólo, a modo de sustantivo de por sí suficiente, como título abreviado de la obra. Así subraya el autor, extremando la formulación, el carácter compendioso de una relación que en realidad, sin llegar a prolija, por lo menos con respecto a la mayoría de los escritos lascasianos, no dejará de ser muy detallada en muchos de sus apartados. Ha de advertirse por fin en este mismo encabezamiento, la variante «o Casaus» añadida por fray Bartolomé a su apellido «Las Casas», sólo usado hasta entonces. Nótese que esta variante, que se repite en el Argumento y al principio del Prólogo[32], aparece también en los demás textos impresos en Sevilla en 1552-1553 (con excepción del *Octavo Remedio*), así como al final del Prólogo de la *Historia* y del Argumento de la *Apologética Historia*

---

[31] Por ejemplo, en la *Estoria de España* de Alfonso el Sabio.
[32] Así como en la página final del texto primitivo de 1542.

27

—ambos contemporáneos de la impresión de los tratados—, sin que se vuelva a repetir, que se sepa, en obras posteriores. Frente a esta anomalía, se ha supuesto con cierta verosimilitud que Las Casas, aunque sin tener parentesco cercano con los Casaus, conocida familia de oriundez francesa, quiso entonces, por tratarse de escritos dados o destinados a la imprenta, diferenciarse de otros Las Casas mercaderes de Andalucía, muchos de ellos conversos, aun cuando tuviese él también, como igualmente se supone, ascendencia de cristianos nuevos.

Redactados en 1552, el Argumento y el Prólogo de la *Brevísima Relación*, además de esclarecer la génesis de la obra y especificar las razones de su publicación, vienen a ser por sí solos unos perfectos exponentes del genio y estilo lascasianos. Recuerda el autor en el «Argumento del presente epítome» las circunstancias de la redacción de la *Brevísima* en 1542, y explica la obligación en que se vio, diez años después, de «poner en molde», para presentarla al príncipe don Felipe, esta «suma» de las matanzas y estragos perpetrados en las Indias, dada la continuación y posible agravación de estas «traiciones y maldades». Es muy de notar aquí la dolorosa lucidez con que enjuicia, viniéndosele al correr de la pluma una de sus más acertadas fórmulas, la depravada conducta de aquéllos «que su codicia y ambición ha hecho degenerar del ser hombres».

En cuanto al Prólogo dedicado al príncipe, empieza con unas observaciones generales sobre la obligación para los reyes, «padres y pastores» de sus pueblos, de tener conocimiento de los males de sus reinos, condición necesaria pero también suficiente del remedio de los mismos, en consideración de la «innata y natural virtud» de los ánimos reales. Aunque suenan algo estas palabras iniciales a adulación cortesana, como suele ocurrir en los prólogos, no por eso carecen de sentido más profundo, afirmando con ellas el autor la necesidad política de la información al máximo nivel, y tal vez amonestando indirectamente al soberano, como fiador que es de la felicidad de sus súbditos, y, por lo tanto, primer responsable de los males que padecen.

A continuación, y hasta el fin del prólogo, aplica Las Casas esta norma general al caso bien concreto de los daños sufridos por los indios, que es, en rigor, el único que le preocupa, o por mejor decir le obsesiona y atormenta tan dolorosamente. Ofrecen estos párrafos, con sus largas secuencias articuladas con perfecta coherencia pese a su laboriosa proliferación, un excelente ejemplo del discurso lascasiano en una de sus más genuinas modalidades. Vienen en primer lugar, al estilo de una sentencia judicial, las razones objetivas que han de motivar la decisión, o sea, de un lado los agravios padecidos por los naturales del Nuevo Mundo: «Considerando, pues, yo (muy poderoso señor) los males y daños», etc., y por otra parte la posibilidad de remediarlos poniéndolos en conocimiento del príncipe: «que, constándole a Vuestra Alteza», etc. Prosigue el autor declarando el móvil personal, de orden ético, que le ha llevado a presentar este memorial de denuncias: «por no ser reo, callando, de las perdiciones de ánimas y cuerpos infinitas», etc. Y después de esta serie de considerandos y motivaciones, pasa Las Casas a la parte resolutiva de su exposición, enunciando su decisión de dar a la imprenta su relación abreviada de la destrucción de las Indias: «deliberé [...] poner en molde algunas y muy pocas», etc. Determinación corroborada, como sigue explicando en los últimos párrafos del prólogo, por la urgencia del remedio proporcional al acrecentamiento del peligro, y la necesidad de que el príncipe, ya informado años antes de esas maldades, pero distraído, tal vez, por otros asuntos y ocupaciones, las tenga ahora cómodamente a la vista y, conociendo su gravedad, suplique al emperador que prohíba terminantemente, en adelante, todas las empresas conquistadoras[33].

---

[33] Años hacía que Carlos V había delegado en su heredero el príncipe don Felipe los negocios de las Indias.

Pero dentro de este enunciado perfectamente organizado del tema de la obra y de su razón de ser, resaltan además, hasta ocupar la casi totalidad del discurso, las repetidas evocaciones, atestiguadas según se afirma por una larga experiencia personal, de los desmanes cometidos por los españoles y de los consiguientes sufrimientos de los indios. Despliega ya el prologuista la rica panoplia de términos fuertes que han de henchir después su relación, trátese de sustantivos —«males y daños, perdición y jacturas»—, de epítetos —«conquistas inicuas, tiránicas [...] condenadas, detestadas y malditas»—, o de formas verbales —«despoblar», «matando», «robar», «destruyéndolas y despedazándolas»—, sin que falte tampoco la nota amargamente irónica de las «particulares hazañas» realizadas por los conquistadores. También se insinúa en un paréntesis, contrastando con tantas crueldades y matanzas, el tema consabido de la inocencia natural de las víctimas, «gentes pacíficas, humildes y mansas que a nadie ofenden». Por fin, como complemento obligado de estas denuncias, se introduce de pasada, pero muy claramente formulada, una refutación jurídica de las conquistas violadoras de la ley natural y divina, oponiéndoseles el bien temporal y espiritual de los indios, única justificación de la concesión de las Indias a los reyes de Castilla.

Bastará lo que antecede para apreciar la importancia de este prólogo, sumamente representativo, a la vez por su contenido, su estructura y su estilo, de la manera lascasiana respecto a la actuación política directa. Pero no estará de más, en atención a la alta significación y perfecta formulación del pasaje correspondiente, destacar en particular la escrupulosa conciencia que tenía fray Bartolomé de sus obligaciones de testigo. «Deliberé, por no ser reo, callando»...: para él, conocedor excepcional de los agravios hechos a los indios, la denuncia de los mismos se impone como un deber insoslayable, ya que silenciarlos equivaldría a volverse cómplice de ellos, a más de hacer imposibles sus remedios. Ya en su carta admonitoria de 1531 al Consejo de Indias, apremiado por la misma necesidad, declarábase «forzado y muy mucho constreñido a dar de mano a otras justas ocupaciones» para exponer «las angustias y tan luengas miserias» padecidas por los indios, imperativo que viene repetido en otros escritos suyos, y por supuesto en el Prólogo de la *Historia* [34], contemporáneo del de la *Brevísima Relación*. En este último, sin embargo, es donde explicita con más fuerza la obligación moral muy personal que le acucia, en descargo de su angustiada conciencia de protector de los oprimidos.

El cuerpo de la obra lo constituye esencialmente una sucesión ininterrumpida de relatos o descripciones de matanzas, destrucciones y demás barbaridades perpetradas durante medio siglo de entradas y conquistas armadas por todos los confines del Nuevo Mundo. Pero antes de dar principio a esta impresionante galería de escenas particulares horrorosas a cual más, ofrece el autor, a modo de introducción, un cuadro de conjunto o presentación global de la «destruición de las Indias» que, además de constituir en sí un todo autónomo perfectamente estructurado, marca de entrada la tónica general del memorial y proporciona la clave de su argumentación. Toda la dialéctica, tan sencilla como contundente, de esta demostración se reduce a una radical oposición entre la bondad de los indios y la maldad de los españoles. Esta es, como se sabe, la piedra angular del pensamiento de Las Casas en que se fundamentan, en rigor, todos sus escritos denunciadores y demás obras reformadoras, polémicas o doctrinales. Es aquí, sin embargo, donde esta idea viene formulada con más vigor

---

[34] «Resta, pues, afirmar con verdad solamente moverme a dictar este libro la grandísima y última necesidad que por muchos años a toda España, de verdadera noticia y de lumbre de verdad en todos los estados della, cerca deste Indiano Orbe, padecer he visto», *B. A. E.*, t. XCV, página 10a.

y expresividad, por medio de una construcción antitética en forma de díptico, que contrapone directamente la inocencia de las víctimas con la crueldad de los verdugos. Es más, si nos fijamos en la cláusula central que es como el eje del díptico, vemos que en ella se sintetiza en una sola frase todo el contenido de esta introducción, no siendo más los dos paneles laterales que su doble explicación contrastada. Dice así esta frase o clave del edificio:

> En estas ovejas mansas, y de las calidades susodichas por su Hacedor y Criador así dotadas, entraron los españoles, desde luego que las conocieron, como lobos y tigres y leones crudelísimos de muchos días hambrientos.

Ahora bien, más allá de la idea, en sí fundamental, expresada por esta frase céntrica de la demostración, está claro que su poder significativo y su valor emocional se refuerzan en gran medida con el procedimiento estilístico de las imágenes antitéticas, ovejas de un lado, lobos, tigres y leones del otro, intensificadas a su vez por unos sugestivos epítetos. Así colocadas en la articulación principal de este texto introductorio, se imponen estas imágenes al espíritu del lector, proyectándose de un golpe sobre la totalidad de la obra, en que además se repiten una y otra vez en formas idénticas o similares. También abundan, como queda dicho, en otros muchos escritos de Las Casas. Y no es que tuviese él, por supuesto, la exclusividad de su empleo. Ya en las crónicas medievales de la invasión de España por los moros, éstos eran los «lobos» devoradores de «ovejas» [35]. Y tocante a las empresas armadas en las Indias, los frailes dominicos de la Española, que fueron los primeros en alzar la voz en defensa de los naturales, iniciaban en 1519 una relación de las matanzas consumadas en la isla con las siguientes palabras:

---

[35] Así en la ya citada *Estoria de España* de Alfonso el Sabio.

Siendo los cristianos desta manera tratados por los indios, entran por la tierra así como lobos rabiosos entre los corderos mansos[36].

Por ser precisamente esta relación dominicana uno de los documentos más aprovechados, como lo prueban las muchas similitudes casi literales, por el autor de la *Brevísima*, puede suponerse que éste tenía dicha frase bien presente al redactar su memorial. Sabemos sin embargo por la carta al Consejo de 1531 que fray Bartolomé le daba a la imagen de los lobos y ovejas una significación muy especial, directamente derivada, invirtiendo los términos, de las palabras de Cristo a sus apóstoles. También en el *De Unico Vocationis Modo*, inspirándose tal vez, en ese caso, de alguna homilía de san Juan Crisóstomo, había condenado con fórmulas idénticas la manera guerrera de difundir la fe:

Por donde estos predicadores van o son enviados, no como ovejas o corderos entre lobos, sino en verdad como lobos furiosos entre corderos y ovejas[37].

O sea que para Las Casas, las fechorías cometidas en las Indias, además de condenables como violencias y crímenes de por sí tan aborrecibles, venían a identificarse con la repulsa y negación más escandalosas de la palabra divina, siendo en efecto la misión apostólica de propagación de la fe cristiana, según lo habían especificado desde el principio las Bulas que concedían a los reyes de Castilla las tierras descubiertas y por descubrir[38], la condición expresa justificadora de la presencia y dominación

---

[36] Carta a Monsieur de Xebres, consejero de Carlos Quinto (diciembre, 1519), publicada con una fecha errada en la *Colección de Documentos inéditos... de América y Oceanía*, t. VII, pág. 400.

[37] *De unico vocationis modo*, ed. de México, 1942, pág. 417.

[38] Bulas Alejandrinas (del papa Alejandro VI) de 1493; textos latinos y traducciones en Manuel Giménez Fernández, «Las Bulas Alejandri-

españolas en el Nuevo Mundo. Volviendo a la *Brevísima Relación*, aunque el autor, en la citada frase, no se refiere explícitamente al texto evangélico como lo hacía años antes en su carta al Consejo, basta leer las líneas inmediatamente anteriores con que concluye su presentación de los indios, «cierto estas gentes eran las más bienaventuradas del mundo si solamente conocieran a Dios», para darse cuenta de que dicha frase clave se sitúa sin duda alguna en un contexto apostólico.

De las dos hojas que componen el díptico introductorio, la primera viene dedicada a las Indias y a sus «naturales gentes». Empieza con una visión de conjunto de las nuevas tierras, islas y Tierra Firme, descubiertas hasta 1542. Lo que se desprende de este primer párrafo, conforme a una intención bien evidente, es la inmensidad de estos territorios, y sobre todo la increíble cantidad de seres humanos que vivían en ellos, aparentemente más numerosos, al decir del autor, que la población del resto del mundo. Por supuesto que obedecen estas ponderaciones iniciales al propósito denunciador de la obra: de este modo ha de resaltar, a continuación, la dimensión del drama. La presentación de los indios en su generalidad, así lo subraya Las Casas —«*a toto género*»—, quiere ser completa dentro de su obligada brevedad, abarcando en una sucesión de compendiosos apartados todos los rasgos esenciales, a juicio del autor, de su personalidad y de su vida: características morales y físicas, usos sociales y domésticos, facultades y dotes intelectuales. Según se ve, cuida mucho el memorialista de no dejar de lado ningún aspecto del asunto, en atención a su importancia para lo que quiere subrayar.

Más evidente todavía, y más fundamental para su propósito, es el carácter uniformemente favorable y hasta encomiástico de este cuadro que viene a ser, en rápidas pinceladas, toda una apología de los indígenas, an-

---

nas de 1493 referentes a las Indias», *Anuario de Estudios Americanos*, I, Sevilla, 1944.

ticipando significativamente la famosa imagen del «buen salvaje»[39]. Naturalmente buenos y pacíficos, desconocedores del mal, son también gentes muy tiernas y delicadas de constitución —lo que aquí significa que no resisten trabajos ni enfermedades—; desprovistos de todos los bienes temporales y sin el menor deseo de adquirirlos, no les mueve ninguna soberbia o ambición; gozan por añadidura de vivos y despejados entendimientos, que les hacen plenamente capaces para la fe y costumbres cristianas.

Esta fe y costumbres, por supuesto, les correspondía a los españoles enseñárselas a los indios, en vez de lo cual (pasando ahora a la otra faz del díptico) se han portado con ellos como lobos entre ovejas. Da comienzo el autor a la denuncia de los agravios con uno de sus preferentes recursos estilísticos, acumulando los términos fuertes —«despedazallas, matallas, angustiallas, afligillas, atormentallas y destruillas»— como si quisiera agotar todas las posibilidades del léxico. Sigue haciendo un rápido balance, para las islas mayores y menores y los territorios continentales descubiertos y conquistados hasta el año 1542, de las despoblaciones resultantes de las «infernales obras de los cristianos». No puede ser mayor la catástrofe, ya que según sus decires, todas estas tierras, en otro tiempo llenas de millones de ánimas, han quedado desiertas, lo que supone, conforme a su estimación global, más de doce cuentos (millones) de muertos, siendo aún lo más probable —añade él en seguida— que pasen de quince cuentos. Señala a continuación, con gran acompañamiento de epítetos condenatorios, las dos causas o maneras principales: guerras sangrientas y cruel servidumbre, de este general asolamiento. Y termina denunciando con el mismo vigor y reprobación la «insaciable codicia y ambición» de los cristianos, verdadera razón de su total desprecio de las vidas y almas de los inocentes indios.

---

[39] Imagen y mito nacidos en el siglo XVI, a partir precisamente de la *Brevísima* y de varias crónicas de Indias.

Aquí también aparecen claramente las intenciones de Las Casas. Su presentación de los españoles y de su conducta en el Nuevo Mundo viene a ser como una síntesis del tema en todos sus niveles: hechos y consecuencias, modalidades, causas y móviles. Y dentro de este cuadro general resaltan, sin la menor reserva o atenuación, las notas consabidas de la crueldad y del horror, viva antítesis de la benignidad y candidez de los indios encarecidas en la parte anterior, e impresionante preludio, a un tiempo, de la subsiguiente relación circunstanciada de la destrucción de las Indias.

La serie de relatos que integran esta galería corresponde en líneas generales al orden cronológico de los descubrimientos y conquistas, que es también, con algunas correcciones debidas a la prioridad de este criterio, un orden aproximadamente geográfico de las provincias indianas: isla Española y archipiélago antillano, «Tierra Firme» del Darién hasta Nicaragua, Nueva España [40], Guatemala y otras provincias circundantes, zonas septentrionales de América del Sur de Cartagena a Venezuela, Florida, Río de la Plata, Perú, Nueva Granada [41]. Con respecto a la extensión de estos apartados o capítulos, se advierten ciertas disparidades que no siempre se explican por la importancia relativa de los respectivos países, ya que por ejemplo el que dedica el autor al «reino de Yucatán» resulta ser algo más largo que aquél que destina a «los grandes reinos y grandes provincias del Perú». Tales anomalías se deben en realidad a la desigual documentación o experiencia personal en que se fundaba Las Casas para componer su memorial, entrando también en cuenta, en ciertos casos como el de Yucatán, alguna intención particular relacionada con unos sucesos de especial interés a juicio del autor.

El tema general de estas páginas es el de las violencias

---

[40] Es decir, Méjico.
[41] Correspondía la Nueva Granada aproximadamente a la actual Colombia.

y atrocidades consumadas por los conquistadores: tema único en definitiva, y que se repite hasta la saciedad a todo lo largo de la obra, pero que no deja de traer consigo una infinitud de modalidades dentro de su misma reiteración. La trama del relato viene constituida por las expediciones y entradas guerreras de los españoles en las Indias, dándole al autor sobrada materia para describir con todo detalle las diversas formas de barbaridades perpetradas por los capitanes y sus huestes. Buen ejemplo de esta diversidad ofrece ya, en el primer apartado, el cuadro de las crueldades cometidas en la isla Española, con las mujeres, viejos y niños desbarrigados y hechos pedazos, las criaturas estrelladas contra las peñas o tiradas al agua, los hombres abiertos por medio, decapitados, destripados, quemados vivos o entregados a perros bravos, y demás ferocidades por el estilo. En otros casos se trata de matanzas colectivas con exterminio total o selectivo de las poblaciones, así la de Cholula o la de México en el capítulo dedicado a la Nueva España. Tampoco faltan en esas hecatombes las acumulaciones de atrocidades bien particularizadas. Entre las escenas que se repiten con mayor frecuencia figuran también con todo su dramatismo las prisiones, suplicios o muertes de jefes indígenas, desde los caciques o reyezuelos de las islas hasta los poderosos señores de imperios continentales como Montezuma o Atahualpa. Añádense a estos actos sanguinarios cometidos en el ardor criminal de las conquistas, y a los consiguientes saqueos, rapiñas y destrucciones, todas las sevicias y penalidades infligidas a los indios ya conquistados: imposición de tributos exorbitantes, reducción a cruel esclavitud con desagregación de las células familiares o a incomportable servidumbre y trabajos forzados en los campos y en las minas, a más de prestaciones insufribles como las pesquerías de perlas o el transporte de pesadas cargas. Por fin, completando este cuadro de violencias físicas y devastaciones materiales, ahí están, no menos graves por supuesto, los daños y estragos de orden moral, cultural y espiritual. A estas

37

otras facetas de la destrucción de las Indias se refiere el autor cuando contrapone, hablando del reino de Xaraguá en la Española, la «policía y crianza» de los naturales y la «pulidez» de sus lenguas a la barbarie de los invasores, o cuando estigmatiza, a propósito de lo ocurrido en Yucatán, el deterioro o verdadero sabotaje de la acción evangelizadora de los misioneros por los «tiranos» españoles que «niegan y reniegan a Jesucristo».

Toda esta materia, siempre presentada como verídica e incontestable, suponía una extensa y detallada información. Las Casas que, como sabemos, no carecía de datos, no deja de especificar en varias ocasiones las fuentes de que se valió para redactar su memorial, empezando por su propia experiencia de testigo ocular. De los años pasados en las islas le quedaban en la memoria imborrables imágenes de atrocidades cometidas por los primeros conquistadores, y abundan en los capítulos dedicados a la Española y Cuba los testimonios personales bien explícitos: «Una vez vide..., Yo vide todas las cosas arriba dichas..., de los cuales yo vide y conocí muchos..., Allí vide tan grandes crueldades..., Otras cosas vide espantables...», etc., sin que falten las propias intervenciones del entonces clérigo Casas para minorar los daños: «envié yo mensajeros, asegurando que no temiesen..., vídeme en muy gran trabajo quitallos de la hoguera...» Ejemplos parecidos ofrecen también los apartados relativos a la costa de Paria e isla de la Trinidad.

Además de la experiencia inmediata de estas realidades, preválese el autor de ciertos datos y noticias orales que pudo recoger en determinadas ocasiones: «me dijo hombre dellos..., me respondió..., dícese de él...», y sobre todo de una documentación escrita que a veces reproduce a la letra —carta del obispo de Santa Marta al rey de 1541, de la cual da un extracto en el capítulo que trata de la destrucción de esa provincia, relación del franciscano fray Marcos de Niza sobre los suplicios del fuego y otras atrocidades perpetradas en el Perú, «pedazo de carta» de un conquistador de Nueva Granada en que denuncia las crueldades del capitán español (Belalcázar) y de sus tenientes—, y otras veces se limita a señalar, insistiendo, eso sí, sobre su autenticidad, como fuente directa de su información —carta del conquistador de Guatemala (Alvarado) a su jefe (Cortés), probanza remitida al Consejo de Indias sobre las matanzas y estragos cometidos por gobernadores y capitanes en el Nuevo Reino de Granada.

Casos hay, por lo demás, en que la documentación, no declarada expresamente, se deduce con toda certeza del contenido o de la misma literalidad del texto: así, sobre la Española, el ya citado memorial dominicano de 1519, y sobre la Nueva España, las muy difundidas *Cartas de Relación* de Hernán Cortés; así también, como fuentes orales, los cantos mexicanos (aludidos por el autor, que los asimila a los romances) en que lamentaban los aztecas la muerte cruel de su «nobleza». Gran parte de la obra, sin embargo, queda desprovista, aparentemente, de apoyo documental, pero importa recordar que fray Bartolomé, para componer su gran *Historia de las Indias*, había recogido mucha materia de que se pudo valer en el momento de redactar la *Brevísima Relación*. Y en efecto, no escasean en los tres libros de la *Historia*, referentes a los sucesos de las tres primeras décadas, las escenas de matanzas, agravios y destrucciones, tanto en las islas como en Tierra Firme, que tienen su exacta correspondencia en la *Brevísima* [42]. Pocos son los casos, en definitiva, en que pudo faltarle al autor la necesaria documentación. Ya se ha advertido la relativa brevedad del capítulo dedicado al Perú. También interesa fijarse, para concluir con este punto, en aquél que trata del Río de la Plata, donde Las Casas confiesa de entrada que no sabe «cosas que decir señaladas», lo que no le impide añadir en seguida que no tiene ninguna duda de que allí haya pasado lo mismo que en otras partes: afirmación

---

[42] Las más notables de estas correspondencias vienen señaladas en las notas al texto de la obra.

esta última que se habrá de tener en cuenta al hacer el examen crítico de la obra.

Pasando ahora al tratamiento y formas de exposición de esta materia casi siempre más que suficiente, llama la atención en primer lugar el anonimato en que se mantienen, con una sola excepción de muy poca monta[43], todas las referencias a los fautores de agravios. Nadie podía ignorar, desde luego, la identidad de los grandes conquistadores; no así la de muchos capitanes o personas particulares cuyas fechorías se detallan a lo largo del memorial. Es probable que todos los nombres conocidos del autor vinieran especificados en las relaciones orales, más extensas, hechas por él al Consejo de Indias en 1542. Si fueron suprimidos al tiempo de dar la obra a la imprenta, puédese suponer que Las Casas, en la medida en que no tuvo que someterse a prohibiciones exteriores, juzgó más conveniente, o quizá más prudente, abstenerse de divulgarlos a todos los posibles lectores de la misma. Cabe pensar, incluso, que lo estimó más procedente, tratándose para él de difundir, como tal, una relación de la destrucción de las Indias, de sus causas y modalidades, y no de publicar una nómina de los destructores. Nótese a este propósito que en los demás escritos de contenido acusatorio impresos en Sevilla, o sea el *Octavo Remedio* y el *Tratado de los esclavos*, tampoco aparecen (salvo dos o tres casos en el *Octavo Remedio*) los nombres de los culpables o responsables de las violencias y exacciones, lo que no le quita nada a la trágica elocuencia de los hechos.

En cuanto a la estructura narrativa de las escenas que componen la *Brevísima*, más allá de las diversas formas del relato que van de la rápida sucesión de atroces imágenes[44] al desarrollo bien ordenado de extensas secuencias dramáticas[45], se imponen al lector unos cuantos esquemas básicos casi invariables, sumamente característi-

---

[43] El español Juan García, citado en el apartado sobre Yucatán.
[44] Véase el apartado «De la isla Española».
[45] Como la de la matanza de Cholula (Nueva España).

cos de la manera lascasiana. En cuanto a los capítulos, para justificar la brevedad anunciada por el título sin dejar por eso de representar la amplitud de la materia, suele advertir el autor, a modo de salvedades, que no pudiendo decirlo todo por la infinitud de cosas dignas de ser relatadas, sólo referirá unos pocos casos significativos. Baste el siguiente ejemplo entre otros muchos:

> No se podrían cierto fácilmente decir ni encarecer, particularizadamente, cuáles y cuántas han sido las injusticias[...] Dos o tres quiero decir solamente, por las cuales se juzguen otras innumerables... (De la Costa de las Perlas.)

Dentro de cada escena particular reaparece sistemáticamente la antítesis fundamental a que se reducía el díptico introductorio. Empieza el relato, casi siempre, por una presentación encomiástica de la hermosura y fertilidad de la tierra, de la extraordinaria densidad de su población, y de la bondad e inocencia de los naturales. Sirvan también de ejemplos la provincia de Jalisco,

> que estaba entera y llena como una colmena de gente poblatísima y felicísima, porque es una de las fértiles y admirables de las Indias,

o el Nuevo Reino de Granada:

> unas felicísimas y admirables provincias llenas de infinitas gentes mansuetísimas y buenas como las otras...

De la misma manera encarece el autor la hospitalidad natural de los indios, y los fraternales recibimientos que hacían a los españoles:

> saliéndole a recibir el rey y señor della [la provincia de Mechuacam] con procesión de infinita gente y haciéndole mil servicios y regalos...

> Los indios [de la Trinidad] recibiéronles como si fue-
> ran sus entrañas y sus hijos, sirviéndoles señores y súb-
> ditos con grandísima afección y alegría..., etc.

Así resalta por yuxtaposición sistemática la barbarie
destructora y sanguinaria de los conquistadores, que re-
tribuyen en seguida la buena acogida con las peores atrocidades:

> saliéndonos a recibir [en un pueblo de Cuba] con
> mantenimientos y regalos[...] súbitamente se le revistió
> el diablo a los cristianos y meten a cuchillo en mi presencia
> (sin motivo ni causa que tuviesen) más de tres mil
> ánimas...
> saliendo a recibir todos los señores [de Cholula] [...]
> acordaron los españoles de hacer allí una matanza o
> castigo (como ellos dicen) para poner y sembrar su temor
> y braveza en todos los rincones de aquellas tierras.

Repítese este violento efecto de contraste, con muy pocas variaciones, en todas las entradas de los españoles
en pueblos o provincias de las Indias, siendo a la verdad
este procedimiento uno de los más destacados recursos
narrativos de la *Brevísima Relación*. Y es que se trata,
en rigor, del argumento fundamental de este memorial:
dedicado por entero a la denuncia de los agravios, no le
podía faltar a la exposición de los hechos un soporte
demostrativo que manifestase de la manera más patente
e irrecusable su profunda iniquidad. No deja el autor de
abordar alguna vez la cuestión de la justicia y legalidad
de las conquistas, para refutarlas, claro está: así cuando
estigmatiza, en el capítulo sobre la Tierra Firme, la
«ceguedad perniciosísima» de aquéllos que inventaron
los «absurdos, irracionales e injustísimos» requerimientos, o cuando opone la legítima resistencia de los naturales (en la provincia de Jalisco) a la guerra «injustísima y
llena de toda iniquidad, condenada por todas las leyes»,
que les hacen los conquistadores. Pero no era del caso,
aquí, extenderse a lo infinito en razones jurídicas; ahí

estaban, para eso, los copiosos tratados lascasianos de tipo teórico y doctrinal, algunos de los cuales, como se sabe, fueron también dados a la imprenta con la *Brevísima* [46]. El argumento clave, de por sí suficiente, es ahora el de la total inocencia de los indios frente a la monstruosa culpabilidad de los españoles. Tanto es así que Las Casas, además de evidenciar a menudo dicho argumento en la narración, siente la necesidad dialéctica de elevarlo a la categoría de regla única e infaliblemente comprobada, repitiendo a cada momento esta ley de bárbaros enunciada por él al final del capítulo referente a la Española:

> Débese de notar otra regla en esto: que en todas las partes de las Indias donde han ido y pasado cristianos, siempre hicieron en los indios todas las crueldades suso-dichas, y matanzas y tiranías y opresiones abominables en aquellas inocentes gentes...

A este mismo deseo de eficacia responden, desde luego, todos los conocidos efectos estilísticos propios de los escritos denunciadores de Las Casas, pero llevados al extremo en la *Brevísima Relación*, como ya se podía advertir en el prólogo y en el cuadro introductorio. El sistema estilístico de la obra se funda primariamente en la elección de términos fuertes, como «tirano» o «destruición»,para designar a los españoles y representar la consecuencia global de sus fechorías. El impacto de estas palabras claves viene acentuado, las más veces, por el peso de la adjetivación: «este tirano infernal» (Venezuela), «siendo crudelísimos y desenfrenados tiranos» (Nuevo Reino de Granada), o la apretada acumulación de voces sinónimas o afines:

> Porque son tantos y tales los estragos y crueldades, matanzas y destruiciones, despoblaciones, robos, violencias y tiranías... (Nueva España),

---

[46] En especial las *Treinta Proposiciones* y el *Tratado comprobatorio* *(B. A. E.*, t. CX, docs. núms. XXVII y XXXIII).

> las maldiciones, daños, destruiciones, despoblaciones, estragos, muertes y muy grandes crueldades horribles y especies feisísimas dellas, violencias, injusticias y robos y matanzas que en aquellas gentes y tierras se han hecho... (Consideraciones finales.)

Concurren también a esta intensificación las frecuentes fórmulas superlativas, tanto para ponderar la anterior felicidad de las provincias del Nuevo Mundo:

> los grandes y florentísimos y felicísimos reinos, de gentes plenísimamente llenos o poblados... (Guatemala),

como para recargar las tintas de la denuncia de agravios y atrocidades:

> a los que de hecho obedecen ponen en aspérrima servidumbre... (Nueva España),
> tienen los españoles en las Indias enseñados y amaestrados perros bravísimos y ferocísimos para matar y despedazar los indios. (Nuevo Reino de Granada.)

Por otra parte, y para limitarnos a lo más notable, caracterízase esta constante propensión a la hipérbole por el recurso a las cifras o estimaciones numéricas vertiginosas —los millares o millones («cuentos») de indios muertos por los españoles, los treinta mil ríos y arroyos de la Vega de Maguá en la Española, etc.—, y por los frecuentes encarecimientos fundados en suposiciones o certidumbres íntimas del autor:

> y aun pienso que había dos o tres pares de parrillas donde quemaban otros... (Isla Española),
> según creo y tengo por cierto [...] en todas cuantas cosas he dicho y cuanto lo he encarecido, no he dicho ni encarecido, en calidad ni en cantidad, de diez mil partes (de lo que se ha hecho y hace hoy) una. (Párrafos finales.)

En otro nivel, más propiamente estilístico, de la retórica lascasiana se sitúan las conocidas imágenes de los lobos y ovejas, que se repiten más de veinte veces, u otros símiles expresivos de la inhumanidad de los conquistadores:

> aquestos tiranos animales o alemanes... (Venezuela), mejor arremetían a él [los perros al indio] y lo comían que si fuera un puerco. (La Española.)

Es muy de advertir también, en algunas escenas de gran intensidad dramática, la nota de fuerte patetismo dada por las quejas y maldiciones de los indios expresadas en estilo directo, como en el relato de la matanza de Cholula:

> ¡Oh malos hombres! ¿Qué os hemos hecho?, ¿por qué nos matáis? Andad, que a Méjico iréis, donde nuestro universal señor Motenzuma de vosotros nos hará venganza!,

o al final del apartado sobre el Río de la Plata:

> Venimos a serviros de paz y matáisnos; nuestra sangre quede por estas paredes en testimonio de nuestra injusta muerte y vuestra crueldad.

A esta misma tonalidad afectiva pertenecen los párrafos exclamativos en que se condensan las malas obras de los capitanes españoles:

> ¡Oh, cuántos huérfanos hizo, cuántos robó de sus hijos, cuántos privó de sus mujeres [...] cuántos privó de su libertad [...] cuántas lágrimas hizo derramar... (Guatemala.)

No faltan tampoco, a la inversa, las notaciones desprovistas de todo aparato estilístico, resaltando entonces por sí sola la trágica elocuencia de los hechos:

En tres o cuatro meses, estando yo presente, murieron de hambre, por llevarles los padres y las madres a las minas, más de siete mil niños. Otras cosas vide espantables. (Cuba).

Interesa por fin apuntar el empleo bastante frecuente de fórmulas irónicas, al estilo de «este piadoso capitán» (Guatemala) o «cuando se ordenaban semejantes romerías» (de indios encadenados, Nicaragua), que a veces añaden al horror del crimen denunciado la abominación del sacrilegio más imperdonable:

de trece en trece, a honor y reverencia de Nuestro Redemptor y de los doce apóstoles, poniéndoles leña y fuego, los quemaban vivos. (isla Española).

Y baste lo dicho, aunque se podría ahondar mucho más en el tema, para formarse una idea de los principales medios estilísticos utilizados por Las Casas con el fin bien evidente de multiplicar la carga emocional de la *Brevísima Relación.*

Enterados por una parte del contexto, circunstancias y objeto de la obra, y por otra de su contenido, estructura y estilo, nos queda ahora proceder a su examen crítico, teniendo siempre presente su verdadera naturaleza y finalidad.

Examen crítico de la Brevísima Relación

El problema central planteado con toda evidencia por el famoso memorial lascasiano es el de la veracidad de los hechos relatados, es decir el de su verdadero valor testimonial: tratándose en efecto de un escrito denunciatorio, su validez queda condicionada, necesariamente, por la exactitud de las cosas denunciadas. Asunto es éste que ha hecho correr mucha tinta, y que sigue siendo hoy por hoy objeto de inagotables discusiones no siempre desapasionadas. Importa recordar aquí, siquiera brevemente, la tumultuosa carrera del libro después de su publicación, por sus repercusiones en los juicios a que dio motivo durante cuatro siglos.

Pocas ediciones hubo en España de la *Brevísima Relación* hasta tiempos recientes, tardando casi un siglo la segunda (1646), junto con otros tratados sevillanos, y mucho más las siguientes, que pertenecen a nuestra época. La obra, al parecer, no estaba en olor de santidad en la patria del autor. Menudean en cambio las publicaciones extranjeras en el último cuarto del siglo xvi (a partir de 1578) y durante todo el xvii *. Las más numerosas son las holandesas (poco menos de veinte), seguidas por las francesas y las inglesas, y luego las alemanas e italianas. Se trata, por supuesto, de traducciones (las hay también en latín), a veces indirectas y malisimas —traducciones de traducciones—, y saltan a la vista las intenciones antiespañolas de los editores. Sirva de ejemplo la primera traducción en lengua francesa de 1579, hecha, nótese bien, por un flamenco, Jacques de Miggrode, y publicada en Amberes, con su título acusador: «Tyrannies et cruautez des Espagnols, perpétrées es Indes occidentales qu'on dit le Nouveau Monde», y la advertencia significativa que le acompaña: «Pour servir d'exemple et d'avertissement aux XVII Provinces du pays bas.» Vale decir que el escrito lascasiano, pieza esencial en su tiempo de la panoplia del defensor de los indios, se utiliza ahora como arma ofensiva por un país europeo, y protestante, abiertamente rebelado contra la opresiva dominación española. Y así de las demás ediciones, ilustradas algunas de ellas con unos espeluznantes grabados del flamenco De Bry [47], y cuyas fechas suelen corresponder a los momentos más críticos de las guerras

---

* Véase la *Bibliografía*, apartado 2.
[47] Teodóro De Bry, famoso grabador y librero flamenco establecido en Alemania (Lieja, 1528-Francfort del Mein, 1598); publicó una gran Colección ilustrada de Viajes a las Indias.

entre la España de los Habsburgos y sus enemigos de Europa. Presentada y difundida en tales condiciones, no podía menos la *Brevísima* de ser sentida por muchos españoles como un libelo atentatorio al honor de su patria. El hecho es que Las Casas, con esta y otras obras aprovechadas por los adversarios de su país, se ganó la reputación de responsable número uno de la famosa «Leyenda Negra» antiespañola, cuyas secuelas quedan todavía bien visibles en no pocos comentarios y juicios críticos modernos.

Frente a las duras acusaciones del memorial lascasiano y a su agresiva utilización extranjera, salieron a la palestra varios contradictores españoles de distintos estados y condiciones. Es muy representativa de la reacción de los conquistadores la conocida «refutación» (*Apologías y Discursos*) del capitán Vargas Machuca, escrita a fines del siglo XVI para «volver —dice el Prólogo al lector— por mi particular honor y por el común de nuestra nación». Sin negar totalmente la realidad de las violencias, contradice el autor punto por punto las denuncias de Las Casas, invirtiendo su visión antitética de los indios y españoles; éstos son militares y cumplen sin excederse con sus obligaciones; aquéllos, naturalmente falsos y feroces, no son ovejas más que por miedo. Aunque no del todo falta de ponderación, la crítica de Vargas Machuca, muy propia de la mentalidad conquistadora de la época, llega a veces a unos extremos increíbles, no vacilando por ejemplo en disculpar a los que infligían el suplicio del palo, o en justificar el licencioso comportamiento de los españoles con las mujeres indígenas. Otra reacción notable, esta vez en el campo de la literatura política y moralizadora, es la de Saavedra Fajardo en sus *Empresas Políticas* de 1640 (Empresa XII), en defensa de la monarquía de España calumniada, a su juicio, por la emulación. Tampoco niega este autor los «desórdenes» de las conquistas, por lo menos de las primeras, pero los explica por la necesidad de emplear la fuerza con unos «idólatras más fieros que las mismas fieras», y prosigue exaltando las «paternales órdenes» que mantienen al Nuevo Mundo «en justicia, en paz y en religión», añadiendo un paralelo entre «la invención de aquel libro» y la monstruosa realidad de las guerras europeas, cuya descripción, por lo horrorosa, no tiene nada que envidiarle a la misma *Brevísima Relación*. En la América Española entraron también en liza algunas plumas, y valga como último ejemplo el del historiador peruano Llano y Zapata, quien en los Preliminares de sus *Memorias histórico-físicas crítico-apologéticas de la América meridional* (1759) condena la «pasión» de Las Casas, diciendo de él que escribía «con sangre», y le acusa de haber esparcido «las semillas de la disensión», cuando «por su estado y dignidad estaba obligado a recogerlas». Muy parecidas a estas críticas serán, siglos después, las de los modernos impugnadores del defensor de los indios.

Una nueva ola de ediciones de la *Brevísima*, aunque no tan fuerte como la primera, corresponde a las guerras de independencia de Hispanoamérica. No se trata ahora de traducciones, ya que la obra se destina, incluso cuando se publica en Londres (1812), a lectores de lengua española, y más precisamente a los americanos. Ni que decir tiene que estas ediciones obedecían a motivos políticos: se sabe que los grandes heraldos de la independencia como Mier, Bolívar y otros muchos exaltaron a cual más la figura histórica del «apóstol de los indios», alistándola sin mayor empacho en las filas de los patriotas[48]. Bien explícitas son estas palabras introductorias del neogranadino José María Ríos, en la edición de Bogotá de 1813:

---

[48] Del mejicano fray Servando Teresa de Mier, alias José Guerra, véase la *Historia de la Revolución de la Nueva España*, Londres, 1813, libro XIV, y los «Discursos preliminares» de varias ediciones de la *Brevísima* (Londres, Filadelfia, México); de Bolívar, la célebre *Carta de Jamaica* (Contestación de un Americano meridional a un caballero de esta isla), Kingston, 6-IX-1815.

¡Dichoso yo si este libro, produciendo en mis compatriotas el mismo efecto que en los holandeses, los hace
decidir eficazmente a Morir o Ser Libres!

Pocas contradicciones de importancia suscitó, al
parecer, esta nueva movilización de Las Casas y de su
famoso memorial. Si se examinan las principales bio-
grafías y ediciones del siglo XIX, puestas aparte las del
emigrado y afrancesado Llorente, en español y en francés
(París, 1822), en que se percibe también la intención antiespañola[49], se advierte en ellas, a la vez que una mayor
objetividad, un progreso notable respecto a la documentación. Así en las «Vidas» de Las Casas publicadas por
Quintana (1833) y por Fabié (1879). Atención particular merece la del liberal y patriota Quintana: muy sen-
sible a la inhumanidad de las conquistas y de la explotación colonial, y al celo y virtudes de su biografiado,
no por eso deja de censurar la aspereza y las exageraciones
de la *Brevísima*, y no puede menos de lamentar las consecuencias de su difusión, llegando a pensar de la edición
sevillana que fue el mayor error de la carrera de Las Casas[50]. Lo que se desprende, sin embargo, de esta valiosa
biografía es la ejemplaridad del personaje y de su acción.

Reaparecen los juicios adversos de parte de la crítica
española, a fines del siglo XIX, con toda la autoridad
de un Menéndez y Pelayo, el cual en sus *Estudios de crítica literaria* (1895), sin negar la excepcional estatura
histórica del protector de los indios, le culpa de fanático

---

[49] Nótese el título: *Historia de las crueldades de los españoles conquistadores de América, o Brevísima Relación de la Destrucción de las
Indias occidentales.*

[50] «A tales excesos, que su causa ciertamente no necesitaba para
defenderse bien, llevaron al padre Las Casas la vehemencia de su genio
y el ardor de una disputa tan prolija y tan empeñada. Pero al mismo
tiempo veremos que la base esencial de sus principios y el objeto principal de sus intenciones y de sus miras están enteramente acordes con las
máximas de la religión, con las leyes de la equidad natural, y con las
nociones más obvias del sentido común.»

e intolerante hasta ver en él la encarnación de estos defectos, y denuncia el «monstruoso delirio de la *Destrui-ción de las Indias*». En esta misma línea del antilas-casianismo patriótico se sitúan muchos historiadores españoles del siglo XX, acompañados por algunos hispa-noamericanos. El más famoso, Menéndez Pidal con su libro *El Padre Las Casas. Su doble personalidad* (1963), cuya tesis de la enfermedad mental (paranoia) del biogra-fiado, de aparente carácter científico, no alcanza a disi-mular unos juicios o prejuicios por demás subjetivos cuando no malintencionados. A esta invalidación del pensamiento y actuación de Las Casas, no del todo nueva en el campo de la crítica, pero llevada esta vez hasta sus últimas consecuencias, añade el autor, refiriéndose en especial a la *Brevísima*, otros graves reparos, siendo el más severo y sin duda el más discutible el de la falta de caridad cristiana del defensor de los indios[51].

Como era de esperar, la obra de Menéndez Pidal ha sido abundantemente comentada: aplaudida por algunos con apasionada espontaneidad, refutada por otros —y entre ellos unos eminentes especialistas españoles y ex-tranjeros— con copiosa argumentación, ha venido a confirmar, por si fuera necesario, la permanencia de las controversias en torno al excitante tema lascasiano, transparentándose también en ciertas ocasiones las pre-venciones de origen afectivo o ideológico, amén de posi-bles susceptibilidades o rivalidades, tratándose de un ilustre fraile, en el caso de historiadores pertenecientes a distintas órdenes religiosas. No todo, sin embargo, se reduce a polémicas, y no han faltado desde hace años los trabajos de alto valor científico —así los de Giménez Fernández, Hanke, Pérez de Tudela, Bataillon, y otros más o menos recientes—, a la par que se iba enriquecien-do la documentación histórica o biográfica, y se hacían

---

[51] Véanse en especial los apartados «Las Casas y los exploradores, Balboa y Soto» (págs. 111-113), y «¿Amor al indio? Odio al español» (págs. 323-324).

más numerosas las publicaciones de las obras de Las Casas, hoy bien accesibles en su casi totalidad. En cuanto a la *Brevísima Relación*, se han multiplicado las ediciones (sueltas o en unión de otros textos, y algunas con facsímiles de la príncipe de 1552). También las traducciones, en países y lenguas que rebasan con mucho los límites europeos de los primeros siglos. Por cierto que este librito ha quedado, y ha de quedar, a la vez que el más leído, el más controvertido de los escritos lascasianos. Parece posible, no obstante, enjuiciarlo objetivamente, a partir de un exacto planteamiento de la cuestión.

Hemos insistido en la necesidad de enfocar correctamente este célebre memorial de agravios con arreglo a sus objetivos, circunstancias y peculiaridades. Destinado, cuando fue redactado, a informar a los más altos responsables de las Indias de las fechorías perpetradas por los españoles y de los consiguientes padecimientos de los naturales, no podía menos de ofrecer todos los caracteres de un alegato fiscal o acta de acusación, llevados por la urgencia y gravedad de la causa a su mayor grado de contundencia, en proporción con la deseada e indispensable eficacia. No se trata, pues, en absoluto de una obra histórica en que el autor se propusiera exponer metódicamente los sucesos, sin distinción alguna entre los laudables y los censurables, procurando tan sólo relatarlos y explicarlos con la debida objetividad. Al acumular en su escrito tantos ejemplos de abusos y atrocidades, cumplía Las Casas del modo más adecuado, según él, con su propósito denunciatorio. Sentado esto, la cuestión planteada, primariamente, por la *Brevísima* es, como se ha dicho, la de la veracidad de las denuncias, la cual veracidad o exactitud supone a la vez la realidad de los hechos relatados y la fidelidad de la relación.

Respecto a los hechos, se ha visto que fray Bartolomé, salvo contadas excepciones, disponía de abundantes datos procedentes de su propia experiencia, de informes orales o de textos escritos. De la experiencia personal y de la información oral, podría resultar difícil o tal vez imposible averiguar en ciertos casos la estricta validez testimonial; de lo que no cabe duda es de la realidad de este conocimiento directo que tenía Las Casas de las cosas de Indias, en especial de lo ocurrido en las islas, donde había pasado tantos años como clérigo y capellán de los conquistadores, y más tarde como fraile. Por lo demás, se sabe que en los tres libros o décadas de su *Historia*, obra destinada, dentro de su categoría, a dar fe de todo lo acontecido en el Nuevo Mundo desde los primeros descubrimientos, recogió el autor con gran copia de pormenores las mismas fechorías denunciadas por él en los capítulos cronológicamente correspondientes de la *Brevísima Relación*. Si se dudase, a pesar de todo, de la verdad de los hechos relatados por el defensor incondicional de los indios, ahí estarían los testimonios, no pocas veces concordantes, en sustancia, de otros autorizados historiadores de Indias como Oviedo o Gómara, no precisamente movidos por las mismas inquietudes humanitarias. Y ahí están también, como muestras irrefutables, los propios documentos reproducidos en la *Brevísima* o aprovechados para su redacción. Tal vez se pudiera desconfiar, por la similitud de los móviles, de la perfecta objetividad de algunas relaciones procedentes de religiosos, como la de los dominicos de la Española (1519) o la del franciscano fray Marcos de Niza, testigo ocular de la conquista del Perú. Para librarse de dudas, bastará observar que muchas atrocidades, y de las peores, denunciadas en esos relatos —indios despedazados por los perros, caciques quemados vivos, manos y narices cortadas, pueblos incendiados, etc.— salen también a relucir en los propios escritos o declaraciones de los conquistadores. Y no sólo de aquéllos que se ganaron la mayor reputación de crueldad, como un Alvarado en Guatemala, o los capitanes que reñían por la posesión de la Nueva Granada, sino de otros que podrían parecernos más humanos, sin descartar al mismo Hernán Cortés, quien en sus cartas al emperador no vacilaba en escribir que había mandado cortar las manos de cincuenta tlaxcaltecas sospechosos, o poner fuego a las casas fuertes donde se habían recogido los de Cholula [52]. Testimonios son éstos harto suficientes para confirmar de la manera más irrebatible la realidad esencial de los hechos denunciados por Las Casas en la *Brevísima*.

No se puede afirmar, sin embargo, que tan implacable acta de acusación constituya en todos sus extremos una representación estrictamente fiel de la realidad objetiva. Demasiado obvio es el esquematismo de la antítesis fundamental entre la bondad de los indios y la maldad de los españoles, que gobierna toda la obra. Algo atrevidas resultan también las generalizaciones o extrapolaciones de que se vale el autor cuando carece de datos precisos. En cuanto a la amplificación tanto cuantitativa —abultamientos geográficos y demográficos, y multiplicación del número de víctimas —como cualitativa— exaltación de las riquezas de las Indias e insistencia sistemática en la atrocidad y gratuidad de las matanzas—, absurdo sería negarla o considerarla como despreciable. Pero no por eso ha de aceptarse una crítica superficial de estos recursos, que conviene enjuiciar correctamente, con arreglo a su verdadero alcance y naturaleza.

Pese a su aparente maniqueísmo, la imagen antitética de los indios y españoles traduce una verdad global sin falsearla como tal, trátese de los móviles o de los comportamientos más corrientes. Aunque arriesgadas de por sí, las generalizaciones podrían justificarse por las similitudes de las circunstancias; y conste que Las Casas, en los párrafos finales, admite que las violencias «en unas partes son más fieras y abominables que en otras», apuntando que Méjico y su comarca «está un poco me-

---

[52] «Los mandé tomar a todos cincuenta y cortarles las manos, y los envié que dijesen a su señor que de noche y de día y cada cuando él viniese, verían quién éramos.»
«hice poner fuego a algunas torres y casas fuertes donde se defendían y nos ofendían».
Segunda Carta de relación a Carlos Quinto (30-X-1520).

nos malo». Acerca de las exageraciones o «enormizaciones», como las llamó Menéndez Pidal, habría que
tomar en cuenta la ineluctable relatividad, en aquellos
tiempos, de las estimaciones cuantitativas y en especial
de las numéricas. Además, no todo en la relación lascasiana se puede tachar de exagerado. Cuando afirma el
autor que la isla de Cuba es «casi tan luenga como de
Valladolid a Roma», no se aleja mucho de la verdad, cosa
que los mapas permiten averiguar con toda facilidad. Sus
evaluaciones relativas a la población de las islas o de
diversas regiones de Tierra Firme a la llegada de los españoles, con ser por lo general más elevadas que las de los
cronistas o demás testigos de la época, no resultan totalmente estrafalarias a los ojos de algunos especialistas de
esas cuestiones [53]. Donde parece más chocante la amplificación es en el número de indios muertos a consecuencia de las guerras, matanzas o malos tratos, y es cierto
que Las Casas, además de hacer poco caso en la *Brevísima* de las despoblaciones debidas a las enfermedades
epidémicas, no vaciló en redondear o ampliar las cifras,
contando por millones con sobrada facilidad. Sus cuen-
tas, sin embargo, no son todas descabelladas, por lo
menos con relación a las de otros autores: sirvan de ejemplo los «cinco o seis mil hombres» que dice haber sido
metidos a espada en Cholula; exagerado en comparación
con el testimonio del mismo Cortés en su segunda carta
al emperador (más de tres mil muertos), este número de
víctimas queda sin embargo algo inferior a los «seis mil
y más» asentados por Gómara en su *Conquista de Méjico*.
Importa mucho, por fin, sobre esta cuestión de las exageraciones, distinguir entre las verdaderas, que no se
pueden negar, y las falsas o seudoexageraciones, que no
pasan de meras figuras retóricas y abundan en la obra.
Cuando apunta Las Casas, como suele hacerlo, que no
ha dicho de mil o de diez mil partes la una, claro está que

---

[53] Así los historiadores norteamericanos Borah y Cook, de la llamada Escuela de Berkeley.

no se le debe dar a la hipérbole un sentido literal, ya que se trata sencillamente de un giro estilístico asimilable a cualquier otro procedimiento de amplificación formal.

De todos modos, tales «enormizaciones» no necesitan ser explicadas por una supuesta anomalía de la mente del autor. Aparte de que éste, que se sepa, nunca se comportó como un enfermo mental, nada hay más consciente, organizado y coherente, si bien se considera, que la *Brevísima Relación*, escrito deliberadamente acusador, planeado y redactado con el único propósito de causar el mayor impacto posible y hacer patente la urgencia de una radical reforma de las Indias. Lo que no significa que los medios retóricos empleados para este fin fueran todos los más acertados. La misma uniformidad del relato de atrocidades a todo lo largo de la obra, siempre mantenido en el más alto nivel del horror y del espanto, no era quizá el mejor modo de aguzar y conservar alerta la atención de los lectores. Al extremar la severidad de la acusación, también se corría peligro de irritar inoportunamente a los propios responsables de los agravios denunciados, y se sabe que el libro sigue hiriendo todavía a muchos españoles en su sensibilidad patriótica, fastidiada además por cuatro siglos de agresiva leyenda negra. Pero si se le puede reprochar a Las Casas el no haber previsto todas las consecuencias de la publicación de su memorial, nada permite ver en éste, pese a algunas interpretaciones más afectivas que racionales, una incoercible manifestación de odio a los españoles y a España. Al recargar las tintas del horror en la *Brevísima*, pretendía el autor inspirar a la vez compasión y repulsión; pero ni la conmiseración por las víctimas, ni tampoco la execración y el vituperio de los crímenes, implican de modo alguno el aborrecimiento de los culpables. Sostener que fray Bartolomé quiso perjudicar a su patria y compatriotas, acudiendo para ello al procedimiento antitético de la exaltación de las Indias y de sus naturales, equivale sencillamente a confundir los medios con los fines, ya que la finalidad de la obra, como la de todos los escritos lascasianos, no podía ser otra que la protección de los indios, y para proteger a los agraviados se hacía inevitable la denuncia de los agravios y de sus autores.

Tal es la *Brevísima Relación*, testimonio implacable de las injusticias, y más allá de su contenido estrictamente acusador, angustiada protesta humanitaria e instrumento capital de la lucha por la justicia. Obra de combate, y por tanto violenta y áspera, pero totalmente exenta de propósito calumniador. Obra vehemente, tal vez apasionada, pero dictada, en definitiva, por una insoslayable exigencia de fraternidad, como era entonces y ha sido siempre la del amparo y defensa de los pueblos oprimidos.

Resumen del tono, propósitos y la causa de Bartolomé

Encomendero y los indios que trabajaron para él (siglo XVI).

Bibliografía

1. REPERTORIOS BIBLIOGRÁFICOS

HANKE, Lewis y GIMÉNEZ FERNÁNDEZ, Manuel, *Bartolomé de Las Casas, 1474-1566. Bibliografía crítica y cuerpo de materiales para el estudio de su vida, escritos, actuación y polémicas que suscitaron durante cuatro siglos*, Santiago de Chile, Fondo histórico y bibliográfico José Toribio Medina, 1954. Consta esta bibliografía crítica de 849 títulos y llega hasta 1953.

MARCUS, Raymond, «Las Casas. A Selective Bibliography», *Bartolomé de las Casas in History*, editado por Juan Friede y Benjamin Keen, Dekalb, Northern Illinois University Press, 1971, págs. 603-616. Extracto de una gran bibliografía crítica todavía inédita, que completa y continúa la anterior.

PÉREZ FERNÁNDEZ, Isacio, «Índice de los escritos de Fray Bartolomé de las Casas», *Communio*, Sevilla, 1979, vol. XII, página 29. Extracto del *Inventario documentado de los escritos de Fray Bartolomé de las Casas*, Bayamón, Puerto Rico, 1981.

2. OBRAS DE LAS CASAS

Brevísima Relación de la Destruición de las Indias
Principales ediciones en español

1552, Sevilla, edición príncipe de la *Brevísima Relación*, con otros siete tratados lascasianos.
1646, Barcelona, con otros seis tratados lascasianos.
1812, Londres.
1813, Bogotá.
1820 (?), Cádiz.
1821, Filadelfia.

1821, Puebla (México).

1822, México

1822, París, *Historia de las crueldades de los españoles con-quistadores de América, o Brevísima Relación de la Destrucción de las Indias occidentales*, en Llorente, *Obras de Las Casas*, I, págs. 95-198.

1879, Madrid.

1924, Buenos Aires, en *Colección de Tratados (1552-1553)*, edición facsimilar de Emilio Ravignani, Biblioteca Argentina de libros raros americanos, t. III.

1945, México, *Biblioteca Enciclopédica Popular*, prólogo y selección de Agustín Yáñez.

1945, París, *Clásicos Bouret*, con la *Refutación de Las Casas* de Vargas Machuca.

1957, México, Libros Luciérnaga.

1958, Madrid, Biblioteca de Autores Españoles, t. CX, páginas 134-181, edición de Juan Pérez de Tudela Bueso.

1965, México, en *Tratados de Fray Bartolomé de las Casas*, facsímil y transcripción, Fondo de Cultura Económica, t. I.

1966, Buenos Aires, Editorial Universitaria de Buenos Aires, prólogo de Gregorio Weinberg.

1977, Madrid, Fundación Universitaria española, edición de Manuel Ballesteros Gaibrois.

1979, Barcelona, Fontamara, con la *Vida de Las Casas* de Llorente, prólogo de Olga Camps.

Selección de traducciones antiguas y recientes

holandesas: 1578, 1579, 1596, 1607, 1609, 1610, 1611, 1612, 1620, 1621, 1623, 1627, 1634, 1638, 1664.

inglesas: 1583, 1625, 1656, 1689, 1745, 1898, 1909.

francesas: 1579, 1582, 1594, 1597, 1620, 1630, 1642, 1697, 1698, 1701, 1822; 1974, París-La Haya, Mouton; 1979, París, Maspero.

alemanas: 1597, 1599, 1613, 1665, 1790; 1936, Leipzig.

italianas: 1626, 1630, 1643.

latinas: 1598, 1614, 1656.

portuguesa: 1944.

japonesa: 1976.

Otros escritos de Las Casas
Historia de las Indias

1951, México, Fondo de Cultura Económica, 3 vols., edición de Agustín Millares Carlo, prólogo de Lewis Hanke.
1957, Madrid, Biblioteca de Autores Españoles, t. XCV-XCVI, edición de Juan Pérez de Tudela Bueso y Emilio López Oto, estudio preliminar de Juan Pérez de Tudela Bueso.

Apologética historia

1958, Madrid, Biblioteca de Autores Españoles, t. CV-CVI, edición y estudio preliminar de Juan Pérez de Tudela Bueso.
1967, México, U. N. A. M., 2 vols., edición y estudio preliminar de Edmundo O'Gormán.

De Unico Vocationis Modo

1942, México, Fondo de Cultura Económica, introducción de Lewis Hanke, transcripción latina de Agustín Millares Carlo, traducción en español de Atenógenes Santamaría (2.ª edición, México, 1975).

Apología latina contra Sepúlveda

1975, Madrid, Editora Nacional, Introducción, traducción castellana y reproducción facsimilar del original por Ángel Losada (contiene también la *Apología Latina* de Sepúlveda).

Tratados, cartas y memoriales

1552, Sevilla, edición príncipe: *Octavo Remedio*, *Brevísima Relación* (con el «pedazo de carta»), *Confesionario*, *Treinta Proposiciones*, *Tratado de los esclavos*, *Controversia Las Casas-Sepúlveda*, *Tratado comprobatorio*, *Principia Quaedam*.
La mayoría de estos tratados tuvieron también numerosas traducciones, muchas veces incompletas y desordenadas, durante los siglos XVI y XVII.
1646, Barcelona, los tratados sevillanos, menos el *Confesionario*.
1924, Buenos Aires, reproducción facsimilar de los tratados sevillanos por Emilio Ravignani.
1958, Madrid, Biblioteca de Autores Españoles, t. CX, colección

de 53 «opúsculos, cartas y memoriales» lascasianos, desde los primeros memoriales de 1516 hasta la Petición de Pío V de 1566 (contiene los tratados sevillanos —menos los *Principia Quaedam*— y el de las *Doce Dudas*), edición de Juan Pérez de Tudela Bueso.

1958, Madrid, *Los Tesoros del Perú*, C. S. I. C., edición bilingüe por Ángel Losada del tratado *De Thesauris in Peru*.

1965, México, Fondo de Cultura Económica, 2 vols., edición de los tratados sevillanos con reproducción facsimilar de la edición príncipe, prólogos de Lewis Hanke y Manuel Giménez Fernández, transcripción de Juan Pérez de Tudela Bueso y traducción de los textos latinos por Agustín Millares Carlo y Rafael Moreno.

1969, Madrid, C. S. I. C., *De Regia potestate o derecho de autodeterminación*, edición bilingüe de L. Pereña, J. M. Pérez Prendes, V. Abril y J. Azcárraga.

3. BIOGRAFÍAS

REMESAL, Fray Antonio de, O. P., *Historia General de las Indias occidentales, y particular de la Gobernación de Chiapa y Guatemala*, Madrid, 1619. Edición moderna: Biblioteca de Autores Españoles, t. CLXXV y CLXXXIX, 1966, estudio preliminar de Carmelo Sáenz de Santa María, S. J.

LLORENTE, Juan Antonio, *Vida de Las Casas*, en *Colección de Obras del venerable obispo de Chiapa Don Bartolomé de las Casas, defensor de la libertad de la América*, París, 1822. Edición reciente de la *Vida de Las Casas*, Barcelona, Fontamara, 1979 (con la *Brevísima Relación*).

QUINTANA, Manuel José, *Fray Bartolomé de las Casas*, en *Vidas de los españoles célebres*, t. III, Madrid, 1833, Biblioteca de Autores Españoles, t. XIX, págs. 433-475.

FABIÉ, Antonio María, *Vida y escritos de Fray Bartolomé de las Casas, obispo de Chiapa*, Madrid, 1879, 2 vols. (forma los tomos 70 y 71 de la *Colección de documentos inéditos para la Historia de España*).

GIMÉNEZ FERNÁNDEZ, Manuel, *Bartolomé de las Casas*, I, *Delegado de Cisneros para la reformación de las Indias*, II, *Capellán de Carlos I, poblador de Cumaná*, Sevilla, Escuela de Estudios Hispanoamericanos, 1953 y 1960.

MARTÍNEZ, Manuel María, O. P., *Fray Bartolomé de las Casas, Padre de América*, Madrid, La Rafa, 1958.

MENÉNDEZ PIDAL, Ramón, *El Padre Las Casas. Su doble personalidad*, Madrid, Espasa Calpe, 1963.

GIMÉNEZ FERNÁNDEZ, Manuel, *Breve biografía de Bartolomé de las Casas*, Sevilla, Facultad de Filosofía y Letras, 1966.

PARISH, Helen Rand y Wagner Henry, *The Life and Writings of Bartolomé de las Casas*, Albuquerque, New Mexico Press, 1967.

4. ESTUDIOS SOBRE LAS CASAS (últimos treinta años)

ANDRÉ-VINCENT, Philippe, O. P., *Bartolomé de Las Casas, prophète du Nouveau Monde*, París, Tallandier, 1980.

BATAILLON, MARCEL, *Etudes sur Bartolomé de las Casas réunies avec la collaboration de Raymond Marcus*, París, Institut d'Etudes Hispaniques, 1966. 2.ª edición, en español, Barcelona, Península, 1976.

BATAILLON, Marcel y SAINT-LU, André, *Las Casas et la défense des Indiens*, París, Julliard (Archives), 1971; 2.ª edición, París, Gallimard, 1973; edición en español, Barcelona, Ariel, 1976.

FRIEDE, Juan, «Las Casas y el movimiento indigenista en España y América en la primera mitad del siglo XVI», *Revista de Historia de América*, México, 1952, págs. 339-411.

HANKE, Lewis, *La lucha por la justicia en la conquista de América*, Madrid, Aguilar, 1957 (2.ª edición en español del original en inglés, 1949).

— *Estudios sobre Fray Bartolomé de las Casas y sobre la lucha por la justicia en la conquista española de América*, Caracas, Universal Central de Venezuela, 1968.

MAHN-LOT, Marianne, *Barthélemy de las Casas. L'Evangile et la force*, París, Éditions du Cerf, 1964; 2.ª edición, 1977.

— *Bartolomé de Las Casas et le droit des Indiens*, París, Payot, 1982.

MARCUS, Raymond, «Le mythe littéraire de Las Casas», *Revue de Littérature Comparée* (Hommage à Marcel Bataillon), París, 1978, págs. 390-515.

MARTÍNEZ, Manuel María, O. P., *Fray Bartolomé de las Casas, el gran calumniado*, Madrid, La Rafa, 1955.

63

PARISH, Helen R. and WEIDMAN, Harold, S. J., «The Correct Birthdate of Bartolomé de las Casas», *The Hispanic American Historical Review*, Durham, Duke University Press, tomo 56, 1976, págs. 385-403; traducción española en *Estudios sobre política indigenista española en América*, t. III, Valladolid, 1977.

PÉREZ DE TUDELA BUESO, Juan, *Significado histórico de la vida y escritos del Padre Las Casas*, en Biblioteca de Autores Españoles, t. XCV (Estudio preliminar), Madrid, 1957.

PÉREZ FERNÁNDEZ, Isacio, O. P., *Cronología documentada de los viajes, estancias y actuaciones de Fray Bartolomé de Las Casas*, Puerto Rico, Bayamón, 1984.

SAINT-LU, André, *Las Casas indigéniste. Etudes sur la vie et l'œuvre du défenseur des Indiens*, París, L'Harmattan, 1982.

ZAVALA, Silvio, *Recuerdo de Bartolomé de las Casas*, Guadalajara, Jalisco, 1966.

Estudios sobre fray Bartolomé de las Casas (Actas del Coloquio sobre Bartolomé de las Casas), Sevilla, Publicaciones de la Universidad, 1974.

Fray Bartolomé de las Casas, Revista de Occidente, Madrid, 1974, número 141, dedicado a Las Casas.

5. OBRAS Y ESTUDIOS RELACIONADOS CON LA *BREVÍSIMA RELACIÓN*

VARGAS MACHUCA, Bernardo, *Apologías y discursos de las conquistas occidentales* (fin del siglo XVI); publicado por Fabié, *Vida y escritos de Las Casas*, Madrid, 1879, t. II, páginas 409-517, y también en los *Clásicos Bouret*, París, 1945, junto con la *Brevísima Relación*, con el título de *Refutación de Las Casas*.

SAAVEDRA FAJARDO, Diego, *Las Empresas Políticas, o Idea de un Príncipe político-cristiano* (1.ª edición, 1640), Madrid, Biblioteca de Autores Españoles, t. XXV, y Clásicos Castellanos, 76, 81 y 87; cfr. Empresa XII.

LLANO y ZAPATA, José Eusebio, *Preliminar y Cartas*, t. I de las *Memorias histórico-físicas crítico-apologéticas de la América meridional*, Cádiz, 1759.

MENÉNDEZ Y PELAYO, Marcelino, *Estudios de crítica literaria*, Madrid, 1895, t. II, págs. 199-304.

LEVILLIER, Roberto, «Quelques *Propositions juridiques* et la *Destruction des Indes* du Père Las Casas», *Revue d'Histoire Moderne*, París, 1932, págs. 229-257.

CARBIA, Rómulo, *Historia de la Leyenda Negra hispanoamericana*, Buenos Aires, 1943, Madrid, 1944.

JUDERÍAS, Julián, *La Leyenda Negra. Estudios acerca del concepto de España en el extranjero*, Barcelona, 1943 (1.ª edición, 1914).

MARTÍNEZ, Manuel María, O. P., «Valor histórico de la *Destrucción de las Indias*», *Ciencia Tomista*, Valladolid, 1952, páginas 441-468.

BAYLE, Constantino, S. J., «Valor histórico de la *Destrucción de las Indias*», *Razón y Fe*, Madrid, 1953, págs. 379-391.

AVALLE ARCE, Juan Bautista, «Las hipérboles del Padre Las Casas», *Revista de la Facultad de Humanidades*, Universidad Autónoma de San Luis Potosí, 1960, págs. 33-55.

CHAUNU, Pierre, «Las Casas et la première crise structurelle de la colonisation espagnole», *Revue Historique*, París, 1963, páginas 59-102.

MILHOU, Alain, «De la destruction de l'Espagne à la destruction des Indes», *Etudes sur l'impact culturel du Nouveau Monde*, t. I, págs. 25-47, y t. III, págs. 11-54 (Séminaire Interuniversitaire sur l'Amérique Espagnole Coloniale), París, L'Harmattan. 1981 et 1983.

MARCUS, Raymond, «La conquête de Cholula: conflit d'interprétations», *Ibero-Amerikanisches Archiv*, Berlín, 1977, páginas 193-213.

SAINT-LU, André, «Les premières traductions françaises de la *Brevísima Relación de la Destrucción de las Indias* de Bartolomé de las Casas», *Revue de Littérature Comparée* (Hommage à Marcel Bataillon), París, 1978, págs. 438-449.

PÉREZ FERNÁNDEZ, Isacio, O. P., «Tres nuevos hallazgos fundamentales en torno a los tratados de Fray Bartolomé de las Casas, impresos en Sevilla en 1552-1553», *Escritos del vedat*, Torrent (Valencia), 1978, vol. VIII, págs. 179-200.

— «¿Un nuevo autógrafo de Fray Bartolomé de las Casas? (importantísimo manuscrito de la *Brevísima* existente en Valencia, España)», con un Apéndice de Helen R. Parish, *Studium*, XVIII (1978).

Esta edición

Para la presente edición, nos hemos servido del facsímil de la *princeps* de 1552, reproducido en *Tratados de Fray Bartolomé de las Casas*, México, Fondo de Cultura Económica, 1965, t. I.

Hemos modernizado la ortografía, respetando las principales variantes fonéticas propias de la época o del autor. La acentuación y la puntuación han sido también normalizadas, para mayor claridad.

¶Breuissima rela

cion de la destruycion de las In-
dias:colegida por el Obispo dō
fray Bartolome de las Casas/o
Casaus dela orden de Sācto Do
mingo.   Año.   1552.

Argumento del presente Epítome

Todas las cosas que han acaecido en las Indias, desde su maravilloso descubrimiento y del principio que a ellas fueron españoles para estar tiempo alguno, y después en el proceso adelante hasta los días de agora, han sido tan admirables y tan no creíbles en todo género a quien no las vido, que parece haber añublado y puesto silencio y bastantes a poner olvido a todas cuantas, por hazañosas que fuesen, en los siglos pasados se vieron y oyeron en el mundo. Entre éstas son las matanzas y estragos de gentes inocentes, y despoblaciones de pueblos, provincias y reinos que en ellas se han perpetrado, y que todas las otras no de menor espanto. Las unas y las otras refiriendo a diversas personas que no las sabían el obispo don Fray Bartolomé de las Casas o Casaus, la vez que vino a la corte después de fraile [1] a informar al Emperador nuestro señor (como quien todas bien vistas había), y causando a los oyentes con la relación dellas una manera de éxtasi y suspensión de ánimos, fue rogado e importunado que destas postreras pusiese algunas con brevedad por escripto. El lo hizo, y viendo algunos años después muchos insensibles hombres que la cobdicia y ambición ha hecho degenerar del ser hombres, y su facinorosas obras traído en reprobado sentido, que no contentos con las traiciones y maldades que han cometido, despoblando con exquisitas especies de crueldad aquel orbe, importunaban al rey por licencia y auctoridad para

---

[1] En 1540.

tornarlas a cometer y otras peores (si peores pudiesen ser), acordó presentar esta suma de lo que cerca desto escrivió al Príncipe nuestro señor ², para que Su Alteza fuese en que se les denegase. Y parecióle cosa conveniente ponella en molde, porque Su Alteza la leyese con más facilidad. Y esta es la razón del siguiente Epítome, o brevísima relación.

Fin del Argumento

---

² El príncipe don Felipe (el futuro Felipe II) tenía entonces a su cargo los negocios de las Indias.

Prólogo

del obispo don Fray Bartolomé de las Casas o Casaus
para el muy alto y muy poderoso señor
el príncipe de las Españas
don Felipe, nuestro señor

Muy alto y muy poderoso señor:

Como la providencia divina tenga ordenado en su mundo que para dirección y común utilidad del linaje humano se constituyesen en los Reinos y pueblos, reyes, como padres y pastores (según los nombra Homero), y por consiguiente sean los más nobles y generosos miembros de las repúblicas, ninguna dubda de la rectitud de sus ánimos reales se tiene, o con recta razón se debe tener, que si algunos defectos, nocumentos[3] y males se padecen en ellas, no ser otra la causa sino carecer los reyes de la noticia dellos. Los cuales, si les constasen, con sumo estudio y vigilante solercia[4] extirparían. Esto parece haber dado a entender la divina escriptura en los proverbios de Salomón: *Rex qui sedet in solio iudicii, dissipat omne malum intuito suo*[5]. Porque de la innata y natural virtud del rey así se supone, conviene a saber, que la noticia sola del mal de su reino es bastantísima para que lo disipe, y que ni por un momento solo en cuanto en sí fuere lo pueda sufrir.

---

[3] *nocumentos:* daños, perjuicios (latinismo).
[4] Industria, habilidad (latinismo).
[5] El rey que está sentado en el solio de la justicia, con su mirada disipa todo mal.

Considerando, pues, yo (muy poderoso señor), los males y daños, perdición y jacturas[6] (de los cuales nunca otros iguales ni semejantes se imaginaron poderse por hombres hacer) de aquellos tantos y tan grandes y tales reinos, y por mejor decir de aquel vastísimo y nuevo mundo de las Indias, concedidos y encomendados por Dios y por su Iglesia a los reyes de Castilla, para que se los rigiesen y gobernasen, convertiesen y prosperasen temporal y espiritualmente, como hombre que por cincuenta años y más de experiencia, siendo en aquellas tierras presente[7], los he visto cometer; que constándole a Vuestra Alteza algunas particulares hazañas dellos, no podría contenerse de suplicar a su Majestad con instancia importuna que no conceda ni permita las que los tiranos inventaron, prosiguieron y han cometido que llaman conquistas, en las cuales (si se permitiesen) han de tornarse a hacer, pues de sí mismas (hechas contra aquellas indianas gentes, pacíficas, humildes y mansas que a nadie ofenden) son inicuas, tiránicas, y por toda ley natural, divina y humana condenadas, detestadas y malditas; deliberé, por no ser reo, callando, de las perdiciones de ánimas y cuerpos infinitas que los tales perpetraran, poner en molde algunas y muy pocas que los días pasados colegí de innumerables que con verdad podría referir, para que con más facilidad Vuestra Alteza las pueda leer.

Y puesto que el arzobispo de Toledo[8], maestro de Vuestra Alteza, siendo Obispo de Cartagena, me las pidió y presentó a Vuestra Alteza, pero por los largos caminos de mar y de tierra que Vuestra Alteza ha emprendido, y ocupaciones frecuentes reales que ha tenido, puede haber sido que, o Vuestra Alteza no las leyó, o que

---

[6] *jacturas:* quiebras, menoscabos (latinismo).

[7] Llegó Las Casas a las Indias en 1502, y es lo que se ha de entender aquí, aunque no estuvo presente en ellas tantos años.

[8] Juan Martínez Guijarro o del Guijo, llamado también Silíceo (1486-1557), maestre del príncipe don Felipe, obispo de Cartagena (1540) y arzobispo de Toledo (1546).

ya olvidadas las tiene, y el ansia temeraria e irracional de los que tienen por nada indebidamente derramar tan inmensa copia de humana sangre, y despoblar de sus naturales moradores y poseedores, matando mil cuentos [9] de gentes, aquellas tierras grandísimas, y robar incomparables tesoros, crece cada día, importunando por diversas vías y varios fingidos colores que se les concedan o permitan las dichas conquistas (las cuales no se les podrían conceder sin violación de la ley natural y divina, y por consiguiente gravísimos pecados mortales, dignos de terribles y eternos suplicios), tuve por conviniente servir a Vuestra Alteza con este sumario brevísimo de muy difusa historia que de los estragos y perdiciones se podría y debería componer. Suplico a Vuestra Alteza lo reciba y lea con la clemencia y real benignidad que suele las obras de sus criados y servidores que puramente, por sólo el bien público y prosperidad del estado real, servir desean. Lo cual visto, y entendida la deformidad de la injusticia que a aquellas gentes inocentes se hace, destruyéndolas y despedazándolas sin haber causa ni razón justa para ello, sino por sola la cudicia y ambición de los que hacer tan nefarias obras pretenden, Vuestra Alteza tenga por bien de con eficacia suplicar y persuadir a Su Majestad que deniegue a quien las pidiere tan nocivas y detestables empresas, antes ponga en esta demanda infernal perpetuo silencio, con tanto terror que ninguno sea osado dende adelante ni aun solamente se las nombrar.

Cosa es ésta, muy alto señor, convenientísima y necesaria para que todo el estado de la corona real de Castilla, espiritual y temporal Dios lo prospere y conserve y haga bienaventurado, Amén.

---

[9] Es decir, mil millones.

Encomendero llevado por sus indios (grabado del XVI).

Brevísima Relación de la Destruición de las Indias

Descubriéronse las Indias en el año de mil y cuatrocientos y noventa y dos. Fuéronse a poblar el año siguiente de cristianos españoles [10], por manera que ha cuarenta y nueve años [11] que fueron a ellas cantidad de españoles, y la primera tierra donde entraron para hecho de poblar fue la grande y felicísima isla Española [12], que tiene seiscientas leguas en torno. Hay otras muy grandes e infinitas islas alrededor por todas las partes della, que todas estaban y las vimos las más pobladas y llenas de naturales gentes, indios dellas, que puede ser tierra poblada en el mundo. La Tierra Firme [13], que está de esta isla por lo más cercano doscientas y cincuenta leguas, pocas más, tiene de costa de mar más de diez mil leguas descubiertas, y cada día se descubren más, todas llenas como una colmena de gentes, en lo que hasta el año de cuarenta y uno se ha descubierto, que parece que puso Dios en aquellas tierras todo el golpe o la mayor cantidad de todo el linaje humano.

Todas estas universas e infinitas gentes *a toto género* [14] crió Dios las más simples, sin maldades ni dobleces, obedientísimas, fidelísimas a sus señores naturales y a

---

[10] Segundo viaje de Colón.

[11] Recuérdese que la *Brevísima* fue redactada en 1542.

[12] Haití.

[13] Así se llamaba al continente, y en especial la costa norte de América del Sur.

[14] *sic* por *a toto genere* = de todas razas o naciones.

los cristianos a quien sirven; más humildes, más pacientes, más pacíficas y quietas, sin rencillas ni bollicios, no
rijosos, no querulosos, sin rancores, sin odios, sin desear
venganzas, que hay en el mundo. Son así mesmo las
gentes más delicadas, flacas y tiernas en complisión y que
menos pueden sufrir trabajos, y que más fácilmente
mueren de cualquiera enfermedad, que ni hijos de prín-
cipes y señores entre nosotros, criados en regalos y deli-
cada vida, no son más delicados que ellos, aunque sean
de los que entre ellos son de linaje de labradores. Son
también gentes paupérrimas y que menos poseen ni
quieren poseer de bienes temporales, y por esto no sober-
bias, no ambiciosas, no cubdiciosas. Su comida es tal
que la de los sanctos padres en el desierto no parece
haber sido más estrecha ni menos deleitosa ni pobre.
Sus vestidos comúnmente son en cueros [15], cubiertas sus
vergüenzas, y cuando mucho cúbrense con una manta de
algodón, que será como vara y media o dos varas de
lienzo en cuadro. Sus camas son encima de una estera,
y cuando mucho duermen en unas como redes colgadas,
que en lengua de la isla Española llamaban hamacas.
Son eso mesmo de limpios y desocupados y vivos
entendimientos, muy capaces y dóciles para toda buena
doctrina, aptísimos para recebir nuestra sancta fe católica y ser dotados de virtuosas costumbres, y las que
menos impedimentos tienen para esto que Dios crió en el
mundo. Y son tan importunas desque una vez comienzan
a tener noticia de las cosas de la fe, para saberlas, y en ejer-
citar los sacramentos de la Iglesia y el culto divino, que
digo verdad que han menester los religiosos, para sufrillos,
ser dotados por Dios de don muy señalado de paciencia.
Y finalmente yo he oído decir a muchos seglares españoles de muchos años acá y muchas veces, no pudiendo
negar la bondad que en ellos veen: «Cierto, estas gentes
eran las más bienaventuradas del mundo, si solamente
conocieran a Dios.»

---

[15] Es decir, que iban desnudos.

76

En estas ovejas mansas y de las calidades susodichas por su Hacedor y Criador así dotadas, entraron los españoles desde luego que las conocieron como lobos y tigres y leones crudelísimos de muchos días hambrientos. Y otra cosa no han hecho de cuarenta años a esta parte [16], hasta hoy, y hoy en este día lo hacen, sino despedazallas, matallas, angustiallas, afligillas, atormentallas y destruillas por las estrañas y nuevas y varias y nunca otras tales vistas ni leídas ni oídas maneras de crueldad, de las cuales algunas pocas abajo se dirán, en tanto grado que habiendo en la isla Española sobre tres cuentos de ánimas que vimos, no hay hoy de los naturales della doscientas personas. La isla de Cuba es cuasi tan luenga como desde Valladolid a Roma: está hoy cuasi toda despoblada. La isla de Sant Juan [17] y la de Jamaica, islas muy grandes y muy felices y graciosas, ambas están asoladas. Las islas de los Lucayos, que están comarcanas a la Española y a Cuba por la parte del Norte, que son más de sesenta con las que llamaban de Gigantes y otras islas grandes y chicas, y que la peor dellas es más fértil y graciosa que la huerta del Rey, de Sevilla, y la más sana tierra del mundo, en las cuales había más de quinientas mil ánimas, no hay hoy una sola criatura. Todas las mataron trayéndolas y por traellas a la isla Española, después que veían que se les acababan los naturales della. Andando un navío tres años a rebuscar por ellas la gente que había, después de haber sido vendimiadas, porque un buen cristiano [18] se movió por piedad para los que se hallasen convertillos y ganallos a Cristo, no se hallaron sino once personas, las cuales yo vide [19]. Otras más de treinta islas que están en comarca de la isla de Sant Juan,

---

[16] O sea, a partir de 1502, fecha de la gran expedición de Nicolás de Ovando, en la que venía Las Casas.

[17] Puerto Rico.

[18] Pedro de Isla, que después se hizo fraile franciscano: véase la *Historia de Las Indias* de Las Casas, lib. II, cap. 45, y también su tratado *Entre los remedios* («Octavo remedio»), razón sexta.

[19] yo vi (forma anticuada).

por la mesma causa están despobladas y perdidas. Serán todas estas islas, de tierra, más de dos mil leguas, que todas están despobladas y desiertas de gente.

De la gran Tierra Firme somos ciertos que nuestros españoles, por sus crueldades y nefandas obras, han despoblado y asolado y que están hoy desiertas, estando llenas de hombres racionales, más de diez reinos mayores que toda España, aunque entre Aragón y Portugal en ellos, y más tierra que hay de Sevilla a Jerusalén dos veces, que son más de dos mil leguas.

Daremos por cuenta muy cierta y verdadera que son muertas en los dichos cuarenta años, por las dichas tiranías e infernales obras de los cristianos, injusta y tiránicamente, más de doce cuentos de ánimas, hombres y mujeres y niños; y en verdad que creo, sin pensar engañarme, que son más de quince cuentos.

Dos maneras generales y principales han tenido los que allá han pasado, que se llaman cristianos, en estirpar y raer de la haz de la tierra a aquellas miserandas naciones. La una por injustas, crueles, sangrientas y tiránicas guerras. La otra, después que han muerto todos los que podrían anhelar o sospirar o pensar en libertad, o en salir de los tormentos que padecen, como son todos los señores naturales y los hombres varones (porque comúnmente no dejan en las guerras a vida sino los mozos y mujeres) [20], oprimiéndolos con la más dura, horrible y áspera servidumbre en que jamás hombres ni bestias pudieron ser puestas. A estas dos maneras de tiranía infernal se reducen o se resuelven o subalternan como a géneros, todas las otras diversas y varias de asolar aquellas gentes, que son infinitas.

La causa porque han muerto y destruido tantas y tales y tan infinito número de ánimas los cristianos, ha sido solamente por tener por su fin último el oro y henchirse de riquezas en muy breves días, y subir a estados muy

---

[20] Restricción desmentida por los propios relatos de Las Casas, como se verá a continuación.

altos y sin proporción de sus personas, conviene a saber, por la insaciable cudicia y ambición que han tenido, que ha sido mayor que en el mundo ser pudo, por ser aquellas tierras tan felices y tan ricas, y las gentes tan humildes, tan pacientes y tan fáciles a subjectarlas, a las cuales no han tenido más respecto, ni dellas han hecho más cuenta ni estima (hablo con verdad por lo que sé y he visto todo el dicho tiempo), no digo que de bestias (porque pluguiera a Dios que como a bestias las hobieran tractado y estimado), pero como y menos que estiércol de las plazas. Y así han curado de sus vidas y de sus ánimas, y por esto todos los números y cuentos dichos han muerto sin fe y sin sacramentos. Y ésta es una muy notoria y averiguada verdad, que todos, aunque sean los tiranos y matadores, la saben y la confiesan: que nunca los indios de todas las Indias hicieron mal alguno a cristianos, antes los tuvieron por venidos del cielo [21], hasta que, primero, muchas veces hobieron recebido ellos o sus vecinos muchos males, robos, muertes, violencias y vejaciones dellos mesmos.

---

[21] Así lo refería Colón en su *Diario* del Descubrimiento.

De la isla Española

En la isla Española, que fue la primera, como decimos, donde entraron cristianos y comenzaron los
estragos y perdiciones destas gentes y que primero destruyeron y despoblaron, comenzando los cristianos a
tomar las mujeres e hijos a los indios para servirse y para
usar mal dellos, y comerles sus comidas que de sus su-
dores y trabajos salían, no contentándose con lo que los
indios les daban de su grado, conforme a la facultad que
cada uno tenía, que siempre es poca, porque no suelen
tener más de lo que ordinariamente han menester y hacen
con poco trabajo, y lo que basta para tres casas de a diez
personas cada una para un mes, come un cristiano y destruye en un día, y otras muchas fuerzas y violencias y
vejaciones que les hacían, comenzaron a entender los
indios que aquellos hombres no debían de haber venido
del cielo; y algunos escondían sus comidas, otros sus
mujeres e hijos, otros huíanse a los montes por apartarse
de gente de tan dura y terrible conversación. Los cristianos dábanles de bofetadas y puñadas y de palos,
hasta poner las manos en los señores de los pueblos.
Y llegó esto a tanta temeridad y desvergüenza que al mayor rey, señor de toda la isla [22], un capitán cristiano le
violó por fuerza su propia mujer. De aquí comenzaron los
indios a buscar maneras para echar los cristianos de sus
tierras: pusiéronse en armas, que son harto flacas y de

---

[22]   Trátase probablemente del cacique Guacanagarí: véase la *Historia*,
libro I, cap. 57.

poca ofensión y resistencia y menos defensa (por lo cual todas sus guerras son poco más que acá juegos de cañas y aun de niños); los cristianos, con sus caballos y espadas y lanzas, comienzan a hacer matanzas y crueldades estrañas en ellos[23].

Entraban en los pueblos, ni dejaban niños ni viejos, ni mujeres preñadas ni paridas que no desbarrigaban y hacían pedazos, como si dieran en unos corderos metidos en sus apriscos. Hacían apuestas sobre quién de una cuchillada abría el hombre por medio, o le cortaba la cabeza de un piquete, o le descubría las entrañas. Tomaban las criaturas de las tetas de las madres por las piernas, y daban de cabeza con ellas en las peñas. Otros daban con ellas en ríos por las espaldas, riendo y burlando, y cayendo en el agua decían: «bullís, cuerpo de tal»; otras criaturas metían a espada con las madres juntamente, y todos cuantos delante de sí hallaban. Hacían unas horcas largas, que juntasen casi los pies a la tierra, y de trece en trece, a honor y reverencia de Nuestro Redemptor y de los doce apóstoles, poniéndoles leña y fuego los quemaban vivos. Otros ataban o liaban todo el cuerpo de paja seca: pegándoles fuego, así los quemaban. Otros, y todos los que querían tomar a vida, cortábanles ambas manos y dellas llevaban colgando, y decíanles: «Andad con cartas», conviene a saber, llevad las nuevas a las gentes que estaban huidas por los montes. Comúnmente mataban a los señores y nobles desta manera: que hacían unas parrillas de varas sobre horquetas y atábanlos en ellas y poníanles por debajo fuego manso, para que poco a poco, dando alaridos, en aquellos tormentos, desesperados, se les salían las ánimas[24].

Una vez vide que, teniendo en las parrillas quemándose cuatro o cinco principales y señores (y aun pienso que había dos o tres pares de parrillas donde quemaban otros),

---

[23] Sobre estas matanzas, véase la *Historia*, lib. II, cap. 8 y siguientes.

[24] La fuente directa y casi literal de estas atrocidades es el Memorial dominicano de 1519, citado en la Introducción.

y porque daban muy grandes gritos y daban pena al capitán o le impedían el sueño, mandó que los ahogasen; y el alguazil, que era peor que verdugo, que los quemaba (y sé cómo se llamaba y aun sus parientes conocí en Sevilla), no quiso ahogallos, antes les metió con sus manos palos en las bocas para que no sonasen, y atizóles el fuego hasta que se asaron de espacio como el quería. Yo vide todas las cosas arriba dichas y muchas otras infinitas. Y porque toda la gente que huir podía se encerraba en los montes y subía a las sierras huyendo de hombres tan inhumanos, tan sin piedad y tan feroces bestias, extirpadores y capitales enemigos del linaje humano, enseñaron y amaestraron lebreles, perros bravísimos que en viendo un indio lo hacían pedazos en un credo, y mejor arremetían a él y lo comían que si fuera un puerco. Estos perros hicieron grandes estragos y carnecerías. Y porque algunas veces, raras y pocas, mataban los indios algunos cristianos con justa razón y santa justicia, hicieron ley entre sí que por un cristiano que los indios matasen habían los cristianos de matar cien indios [25].

---

[25] Así también en la *Historia*, lib. I, cap. 102.

Los reinos que había en la isla Española

Había en esta isla Española cinco reinos muy grandes principales y cinco reyes muy poderosos, a los cuales cuasi obedecían todos los otros señores, que eran sin número, puesto que algunos señores de algunas apartadas provincias no reconocían superior dellos alguno. El un reino se llamaba Maguá, la última sílaba aguda, que quiere decir el reino de la vega. Esta vega es de las más insignes y admirables cosas del mundo, porque dura ochenta leguas de la Mar del Sur a la Mar del Norte. Tiene de ancho cinco leguas y ocho, hasta diez, y tierras altísimas de una parte y de otra. Entran en ella sobre treinta mil ríos y arroyos, entre los cuales son los doce tan grandes como Ebro y Duero y Guadalquivir; y todos los ríos que vienen de la una sierra que está al poniente, que son veinte y veinte y cinco mil, son riquísimos de oro [26]. En la cual sierra o sierras se contiene la provincia de Cibao, de donde sale aquel señalado y subido en quilates oro que por acá tiene gran fama. El rey y señor deste reino se llamaba Guarionex; tenía señores tan grandes por vasallos, que juntaba uno dellos diez y seis mil hombres de pelea para servir a Guarionex, y yo conocí a algunos dellos. Este rey Guarionex era muy obediente y virtuoso, y naturalmente pacífico y devoto a los reyes de Castilla; y dio ciertos años, su gente, por su mandado, cada persona que tenía casa, lo güeco de

---

[26] A esta Gran Vega dedicó Las Casas una de las más hermosas páginas de su *Apologética Historia* (cap. VIII).

un cascabel lleno de oro, y después, no pudiendo henchir-
lo, se lo cortaron por medio y dio llena aquella mitad [27],
porque los indios de aquella isla tenían muy poca o
ninguna industria de coger o sacar el oro de las minas.
Decía y ofrecíase este cacique a servir al rey de Castilla
con hacer una labranza que llegase desde la Isabela [28], que
fue la primera población de los cristianos, hasta la ciudad
de Sancto Domingo, que son grandes cincuenta leguas,
porque no le pidiesen oro, porque decía y con verdad
que no lo sabían coger sus vasallos. La labranza que decía
que haría, sé yo que la podía hacer y con gran alegría,
y que valdría más al rey cada año de tres cuentos de castellanos, y aun fuera tal que causara esta labranza haber
en la isla hoy más de cincuenta ciudades tan grandes como
Sevilla.

El pago que dieron a este rey y señor tan bueno y tan
grande fue deshonrallo por la mujer, violándosela un
capitán mal cristiano [29]. El, que pudiera aguardar tiempo y juntar de su gente para vengarse, acordó de irse y
esconderse sola su persona y morir desterrado de su reino y estado a una provincia que se decía de los Ciguayos,
donde era un gran señor su vasallo. Desde que lo hallaron
menos los cristianos, no se les pudo encubrir: van y hacen
guerra al señor que lo tenía [30], donde hicieron grandes
matanzas, hasta que en fin lo hobieron de hallar y prender,
y preso con cadenas y grillos, lo metieron en una nao
para traerlo a Castilla. La cual se perdió en la mar [31], y
con él se ahogaron muchos cristianos y gran cantidad de
oro, entre lo cual pereció el grano grande que era como
una hogaza y pesaba tres mil y seiscientos castellanos,
por hacer Dios venganza de tan grandes injusticias.

---

[27] Datos sacados de los documentos colombinos.
[28] Fundación efímera en el norte de la isla.
[29] Francisco Roldán: *Historia*, lib. I, cap. 118.
[30] El cacique Mayobanex: *Historia*, lib. I, cap. 120.
[31] En 1502: para más detalles sobre estos episodios, véase la *Historia*, lib. I, cap. 121.

El otro reino se decía del Marién, donde agora es el Puerto Real, al cabo de la vega hacia el Norte, y más grande que el reino de Portugal, aunque cierto harto más felice y digno de ser poblado, y de muchas y grandes sierras y minas de oro y cobre muy rico, cuyo rey se llamaba Guacanagarí[32], última aguda, debajo del cual había muchos y muy grandes señores, de los cuales yo vide y conocí muchos, y a la tierra déste fue primero a parar el Almirante viejo[33] que descubrió las Indias; al cual recibió la primera vez el dicho Guacanagarí, cuando descubrió la isla, con tanta humanidad y caridad, y a todos los cristianos que con él iban, y les hizo tan suave y gracioso recibimiento y socorro y aviamiento (perdiéndosele allí aun la nao en que iba el Almirante[34]), que en su misma patria y de sus mismos padres no lo pudiera recebir mejor. Esto sé por relación y palabras del mismo Almirante. Este rey murió huyendo de las matanzas y crueldades de los cristianos, destruido y privado de su estado, por los montes perdido. Todos los otros señores súbditos suyos murieron en la tiranía y servidumbre que abajo será dicha.

El tercero reino y señorío fue la Maguana, tierra también admirable, sanísima y fertilísima, donde agora se hace la mejor azucar de aquella isla. El rey dél se llamó Caonabó. Este, en esfuerzo y estado y gravedad, y cerimonias de su servicio, excedió a todos los otros. A éste prendieron con una gran sutileza y maldad, estando seguro en su casa[35]. Metiéronlo después en un navío para traello a Castilla, y estando en el puerto seis navíos para se partir, quiso Dios mostrar ser aquella con las otras grande iniquidad e injusticia, y envió aquella noche una

---

[32] Véase *supra*, nota 10.

[33] Cristóbal Colón: lo llama Las Casas el Almirante viejo para distinguirlo de su hijo Diego Colón, que tuvo también este título.

[34] Sobre la pérdida de la *Santa María* (25 de diciembre de 1492), véase la *Historia*, lib. I, cap. 59.

[35] Sobre la captura del cacique Caonabó por Alonso de Hojeda, y el naufragio de los navíos, véase la *Historia*, lib. I, cap. 102.

tormenta que hundió todos los navíos y ahogó todos los cristianos que en ellos estaban, donde murió el dicho Caonabó cargado de cadenas y grillos. Tenía este señor tres o cuatro hermanos muy varoniles y esforzados como él; vista la prisión tan injusta de su hermano y señor, y las destruiciones y matanzas que los cristianos en los otros reinos hacían, especialmente desque supieron que el rey su hermano era muerto, pusiéronse en armas para ir a cometer y vengarse de los cristianos. Van los cristianos a ellos con ciertos de caballo (que es la más perniciosa arma que puede ser para entre indios), y hacen tantos estragos y matanzas que asolaron y despoblaron la mitad de todo aquel reino.

El cuarto reino es el que se llamó de Xaraguá. Este era como el meollo o médula o como la corte de toda aquella isla; excedía en la lengua y habla ser más polida, en la policía y crianza más ordenada y compuesta, en la muchedumbre de la nobleza y generosidad, porque había muchos y en gran cantidad señores y nobles, y en la lindeza y hermosura de toda la gente, a todos los otros. El rey y señor dél se llamaba Behechio; tenía una hermana que se llamaba Anacaona[36]. Estos dos hermanos hicieron grandes servicios a los reyes de Castilla e inmensos beneficios a los cristianos, librándolos de muchos peligros de muerte; y después de muerto el rey Behechio quedó en el reino por Señora Anacaona. Aquí llegó una vez el gobernador que gobernaba esta isla[37], con sesenta de caballo y más trescientos peones, que los de caballo solos bastaban para asolar a toda la isla y la Tierra Firme; y llegáronse más de trescientos señores a su llamado seguros, de los cuales hizo meter dentro de una casa de paja muy grande los más señores por engaño, y metidos, les mandó poner fuego y los quemaron vivos. A todos los otros alancearon y metieron a espada con infinita gente, y a la señora Anacaona por hacelle honra,

---

[36] Más detalles en la *Historia*, lib. II, cap. 9.
[37] Nicolás de Ovando.

ahorcaron. Y acaecía algunos cristianos, o por piedad o por cudicia, tomar algunos niños para mamparallos [38] no los matasen, y poníanles a las ancas de los caballos; venía otro español por detrás y pasábalos con su lanza. Otro, si estaba el niño en el suelo, le cortaban las piernas con el espada. Alguna gente que pudo huir desta tan inhumana crueldad pasáronse a una isla pequeña que está cerca de allí ocho leguas en la mar, y el dicho gobernador condenó a todos éstos que allí se pasaron que fuesen esclavos, porque huyeron de la carnicería.

El quinto reino se llamaba Higuey, y señoréabalo una reina vieja que se llamó Higuanama. A ésta ahorcaron, y fueron infinitas las gentes que yo vide quemar vivas y despedazar y atormentar por diversas y nuevas maneras de muertes y tormentos, y hacer esclavos todos los que a vida tomaron. Y porque son tantas las particularidades que en estas matanzas y perdiciones de aquellas gentes ha habido, que en mucha escriptura no podrían caber (porque en verdad que creo que por mucho que dijese no pueda explicar de mil partes una), sólo quiero en los de las guerras susodichas concluir con decir y afirmar que, en Dios y en mi conciencia, que tengo por cierto que para hacer todas las injusticias y maldades dichas, y las otras que se podrían decir, no dieron más causa los indios ni tuvieron más culpa que podrían dar o tener un convento de buenos y concertados religiosos, para roballos y matallos, y los que de la muerte quedasen vivos, ponerlos en perpetuo captiverio y servidumbre de esclavos. Y más afirmo, que hasta que todas las muchedumbres de gentes de aquella isla fueron muertas y asoladas, que pueda yo ceer y conjecturar, no cometieron contra los cristianos un solo pecado mortal que fuese punible por hombres. Y los que solamente son reservados a Dios, como son los deseos de venganza, odio y rancor que podían tener aquellas gentes contra tan capitales enemigos como les fueron los cristianos, éstos creo

---

[38] Ampararlos (forma anticuada vulgar).

que cayeron en muy pocas personas de los indios, y eran poco más impetuosos y rigurosos, por la mucha experiencia que dellos tengo, que de niños o muchachos de diez o doce años. Y sé por cierta e infalible ciencia que los indios tuvieron siempre justísima guerra contra los cristianos, y los cristianos una ni ninguna nunca tuvieron justa contra los indios, antes fueron todas diabólicas e injustísimas, y mucho más que de ningún tirano se puede decir del mundo. Y lo mismo afirmo de cuantas han hecho en todas las Indias.

Después de acabadas las guerras, y muertes en ellas, todos los hombres, quedando comúnmente los mancebos y mujeres y niños, repartiéronlos entre sí, dando a uno treinta, a otro cuarenta, a otro ciento y doscientos (según la gracia que cada uno alcanzaba con el tirano mayor que decían gobernador). Y así repartidos a cada cristiano, dábanselos con esta color, que los enseñase en las cosas de la fe católica, siendo comúnmente todos ellos idiotas y hombres crueles, avarísimos y viciosos, haciéndolos curas de ánimas. Y la cura o cuidado que dellos tuvieron fue enviar los hombres a las minas a sacar oro, que es trabajo intolerable, y las mujeres ponían en las estancias, que son granjas, a cavar las labranzas y cultivar la tierra, trabajo para hombres muy fuertes y recios. No daban a los unos ni a las otras de comer sino yerbas y cosas que no tenían sustancia. Secábasele la leche de las tetas a las mujeres paridas, y así murieron en breve todas las criaturas. Y por estar los maridos apartados, que nunca vían a las mujeres, cesó entre ellos la generación. Murieron ellos en las minas de trabajo y hambre, y ellas en las estancias o granjas de lo mesmo, y así se acabaron tantas y tales multitúdines de gentes de aquella isla, y así se pudieron haber acabado todas las del mundo. Decir las cargas que les echaban de tres y cuatro arrobas, y los llevaban ciento y doscientas leguas [39] y los mesmos

---

[39] Según el memorial de los dominicos de 1519, las cargas eran de dos arrobas, y las distancias de sesenta o setenta leguas.

cristianos se hacían llevar en hamacas, que son como redes, a cuestas de los indios, porque siempre usaron dellos como de bestias para cargas. Tenían mataduras en los hombros y espaldas, de las cargas, como muy matadas bestias. Decir así mesmo los azotes, palos, bofetadas, puñadas, maldiciones, y otros mil géneros de tormentos que en los trabajos les daban, en verdad que en mucho tiempo ni papel no se pudiese decir y que fuese para espantar los hombres.

Y es de notar que la perdición destas islas y tierras se comenzaron a perder y destruir desde que allí se supo la muerte de la serenísima reina doña Isabel, que fue el año de mil y quinientos y cuatro, porque hasta entonces sólo en esta isla se habían destruido algunas provincias por guerras injustas, pero no del todo, y éstas por la mayor parte y cuasi todas se le encubrieron a la reina. Porque la reina, que haya santa gloria, tenía grandísimo cuidado y admirable celo a la salvación y prosperidad de aquellas gentes, como sabemos los que lo vimos y palpamos con nuestros ojos y manos los ejemplos desto[40].

Débese notar otra regla en esto: que en todas las partes de las Indias donde han ido y pasado cristianos, siempre hicieron en los indios todas las crueldades susodichas, y matanzas y tiranías y opresiones abominables en aquellas inocentes gentes. Y añidían muchas más y mayores y más nuevas maneras de tormentos, y más crueles siempre fueron, porque los dejaba Dios más de golpe caer y derrocarse en reprobado juicio o sentimiento.

---

[40] Reproduce Las Casas muchas veces en sus escritos las cláusulas del testamento de la Reina Isabel en que manifestaba sus preocupaciones por la salvación y el buen tratamiento de los indios. Véase también la *Historia*, lib. II, cap. 12, 13 y 14.

De las dos islas de Sant Juan y Jamaica

Pasaron a la isla de Sant Juan y a la de Jamaica (que eran unas huertas y unas colmenas) el año de mil y quinientos y nueve los españoles[41], con el fin y propósito que fueron a la Española. Los cuales hicieron y cometieron los grandes insultos y pecados susodichos, y añidieron muchas señaladas y grandísimas crueldades más, matando y quemando y asando y echando a perros bravos[42], y después oprimiendo y atormentando y vejando en las minas y en los otros trabajos, hasta consumir y acabar todos aquellos infelices inocentes: que había en las dichas dos islas más de seiscientas mil ánimas, y creo que más de un cuento, y no hay hoy en cada una doscientas personas, todas perecidas sin fe y sin sacramentos.

---

[41] Expediciones de Juan Ponce de León a Puerto Rico (*Historia*, libro II, cap. 46 y 55), y de Juan de Esquivel a Jamaica (*ibid.*, lib. II, capítulos 52 y 56).

Más datos sobre los perros en la *Historia*, lib. II, cap. 55.

De la isla de Cuba

El año de mil y quinientos y once pasaron a la isla de Cuba[43], que es como dije tan luenga como de Valladolid a Roma (donde había grandes provincias de gentes), comenzaron y acabaron de las maneras susodichas y mucho más y más cruelmente. Aquí acaecieron cosas muy señaladas. Un cacique y señor muy principal, que por nombre tenía Hatuey, que se había pasado de la isla Española a Cuba con mucha de su gente, por huir de las calamidades e inhumanas obras de los cristianos, y estando en aquella isla de Cuba, y dándole nuevas ciertos indios que pasaban a ella los cristianos, ayuntó mucha o toda su gente y díjoles: «Ya sabéis cómo se dice que los cristianos pasan acá, y tenéis experiencia cuáles han parado a los señores fulano y fulano y fulano; y aquellas gentes de Haití (ques la Española) lo mesmo vienen a hacer acá. ¿Sabéis quizá por qué lo hacen?» Dijeron: «No, sino porque son de su natura crueles y malos.» Dice él: «No lo hacen por sólo eso, sino porque tienen un dios a quien ellos adoran y quieren mucho, y por habello de nosotros para lo adorar, nos trabajan de sojuzgar y nos matan.» Tenía cabe sí una cestilla llena de oro en joyas y dijo: «Ves aquí el dios de los cristianos: hagámosle si os parece areitos (que son bailes y danzas) y quizá le agradaremos y les mandará que no nos haga mal.» Dijeron todos a voces: «Bien es, bien es.» Bailáronle delante hasta que todos se cansaron, y después dice el

---

[43] Expedición de Diego Velázquez: *Historia*, lib. III, caps. 20 y 25.

señor Hatuey: «Mirad, comoquiera que sea, si lo guardamos, para sacárnoslo al fin nos han de matar: echémoslo en este río.» Todos votaron que así se hiciese, y así lo echaron, en un río grande que allí estaba[44].

Este cacique y señor anduvo siempre huyendo de los cristianos desde que llegaron a aquella isla de Cuba, como quien los conocía, y defendíase cuando los topaba, y al fin lo prendieron. Y sólo porque huía de gente tan inicua y cruel, y se defendía de quien lo quería matar, y oprimir hasta la muerte a sí y a toda su gente y generación, lo hobieron vivo de quemar. Atado al palo decíale un religioso de Sant Francisco, santo varón que allí estaba, algunas cosas de Dios y de nuestra fe, el cual nunca las había jamás oído, lo que podía bastar aquel poquillo tiempo que los verdugos le daban, y que si quería creer aquello que le decía, que iría al cielo, donde había gloria y eterno descanso, y si no, que había de ir al infierno a padecer perpetuos tormentos y penas. Él, pensando un poco, preguntó al religioso si iban cristianos al cielo. El religioso le respondió que sí, pero que iban los que eran buenos. Dijo luego el cacique sin más pensar, que no quería él ir allá sino al infierno, por no estar donde estuviesen y por no ver tan cruel gente[45]. Esta es la fama y honra que Dios y nuestra fe ha ganado con los cristianos que han ido a las Indias.

Una vez, saliéndonos a recebir con mantenimientos y regalos diez leguas de un gran pueblo, y llegados allá nos dieron gran cantidad de pescado y pan y comida con todo lo que más pudieron. Súbitamente se les revistió el diablo a los cristianos, y meten a cuchillo en mi presencia (sin motivo ni causa que tuviesen) más de tres mil ánimas que estaban sentados delante de nosotros, hom-

---

[44] Para un relato más desarrollado de esta escena, véase la *Historia*, lib. III, cap. 21.

[45] Así en la *Historia*, lib. III, cap. 25.

bres y mujeres y niños. Allí vide tan grandes crueldades↔
que nunca los vivos tal vieron ni pensaron ver[46].

Otra vez, desde a pocos días, envié yo mensajeros, asegurando que no temiesen, a todos los señores de la
provincia de La Habana, porque tenían por oídas de mí
crédito, que no se ausentasen, sino que nos saliesen a recebir, que no se les haría mal ninguno, porque de las matanzas pasadas estaba toda la tierra asombrada, y esto
hice con parecer del capitán[47]. Y llegados a la provincia,
saliéronnos a recebir veinte y un señores y caciques, y
luego los prendió el capitán, quebrantando el seguro que
yo les había dado, y los quería quemar vivos otro día,
diciendo que era bien, porque aquellos señores algún
tiempo habían de hacer algún mal. Vídeme en muy gran
trabajo quitallos de la hoguera, pero al fin se escaparon.

Después de que todos los indios de la tierra desta isla
fueron puestos en la servidumbre y calamidad de los de
la Española, viéndose morir y perecer sin remedio todos,
comenzaron unos a huir a los montes, otros a ahorcarse
de desesperados, y ahorcábanse maridos y mujeres, y
consigo ahorcaban los hijos. Y por las crueldades de
un español muy tirano (que yo conocí), se ahorcaron
más de doscientos indios. Pereció desta manera infinita
gente[48].

Oficial del rey hobo en esta isla que le dieron de repartimiento trescientos indios, y a cabo de tres meses había
muerto en los trabajos de las minas los doscientos y setenta, que no le quedaron de todos sino treinta, que fue
el diezmo. Después le dieron otros tantos y más, y también los mató, y dábanle y más mataba, hasta que se
murió y el diablo le llevó el alma.

En tres o cuatro meses, estando yo presente, murieron
de hambre, por llevalles los padres y las madres a las

---

[46] Trátase aquí de la matanza de Caonao, a la que dedicó Las Casas
dos capítulos de su *Historia* (lib. III, cap. 29 y 30).

[47] Pánfilo de Narváez.

[48] Más detalles en la *Historia*, lib. III, cap. 82.

minas, más de siete mil niños[49]. Otras cosas vide espantables.

Después acordaron de ir a montear los indios que estaban por los montes, donde hicieron estragos admirables, y así asolaron y despoblaron toda aquella isla, la cual vimos agora poco ha [50] y es una gran lástima y compasión verla yermada y hecha toda una soledad.

---

[49] Así en la *Historia*, lib. III, caps. 78 y 84.

[50] Se refiere Las Casas a la escala haïtiana de su vuelta a España en 1540.

94

De la Tierra Firme

El año de mil y quinientos y catorce pasó a la Tierra
Firme un infelice gobernador[51], crudelísimo tirano, sin
alguna piedad ni aun prudencia, como un instrumento
del furor divino, muy de propósito para poblar en aquella tierra con mucha gente de españoles. Y aunque algunos tiranos habían ido a la Tierra Firme y habían
robado y matado y escandalizado mucha gente, pero
había sido a la costa de la mar, salteando y robando lo
que podían[52]. Mas éste excedió a todos los otros que
antes dél habían ido, y a los de todas las islas, y sus hechos
nefarios a todas las abominaciones pasadas; no sólo a la
costa de la mar, pero grandes tierras y reinos despobló
y mató, echando inmensas gentes que en ellos había a los
infiernos. Este despobló desde muchas leguas arriba del
Darién hasta el reino y provincias de Nicaragua inclusi-
ve, que son más de quinientas leguas, y la mejor y más
felice y poblada tierra que se cree haber en el mundo;
donde había muy muchos grandes señores, infinitas y
grandes poblaciones, grandísimas riquezas de oro, porque
hasta aquel tiempo en ninguna parte había parecido sobre
la tierra tanto, porque aunque de la isla Española se
había henchido casi España de oro, y de más fino oro,
pero había sido sacado con los indios de las entrañas de
la tierra, de las minas dichas, donde, como se dijo,
murieron.

---

[51] Pedrarias Dávila: *Historia*, lib. III, caps. 60 y siguientes.
[52] Expediciones de Hojeda, Nicuesa y otros.

Este gobernador y su gente inventó nuevas maneras de crueldades y de dar tormentos a los indios, porque descubriesen y les diesen oro. Capitán hubo suyo que en una entrada que hizo por mandado dél para robar y extirpar gentes, mató sobre cuarenta mil ánimas, que vido por sus ojos un religioso de Sant Francisco que con él iba, que se llamaba Fray Francisco de Sant Román, metiéndolos a espada, quemándolos vivos, y echándolos a perros bravos, y atormentándolos con diversos tormentos.

Y porque la ceguedad perniciosísima que siempre han tenido hasta hoy los que han regido las Indias en disponer y ordenar la conversión y salvación de aquellas gentes, la cual siempre han pospuesto (con verdad se dice esto) en la obra y efecto, puesto que por palabra hayan mostrado y colorado o disimulado otra cosa, ha llegado a tanta profundidad que hayan imaginado y practicado y mandado que se les hagan a los indios requerimientos que vengan a la fe y a dar la obediencia a los reyes de Castilla, si no, que les harán guerra a fuego y a sangre y los matarán y captivarán, etc. [53]; como si el Hijo de Dios, que murió por cada uno dellos, hobiera en su ley mandado cuando dijo: *Euntes docete omnes gentes* [54], que se hiciesen requerimientos a los infieles pacíficos y quietos que tienen sus tierras propias, y si no la recibiesen luego ,sin otra predicación y doctrina, y si no se diesen a sí mesmos al señorío del rey que nunca oyeron ni vieron, especialmente cuya gente y mensajeros son tan crueles, tan despiadados y tan horribles tiranos, perdiesen por el mesmo caso la hacienda y las tierras, la libertad, las mujeres e hijos con todas sus vidas, que es cosa absurda y estulta y digna de todo vituperio y escarnio e infierno. Así que, como llevase aquel triste y malaventurado gobernador instrucción que hiciese los

---

[53] Reproduce y comenta Las Casas el texto del Requerimiento de 1513 en la *Historia*, lib. III, caps. 57 y 58.

[54] Id y enseñad a todas las naciones.

dichos requerimientos, para más justificallos, siendo ellos
de sí mesmos absurdos, irracionales e injustísimos,
mandaba, o los ladrones que enviaba lo hacían, cuando acordaban de ir a saltear y robar algún pueblo de
que tenían noticia tener oro, estando los indios en sus
pueblos y casas seguros, íbanse de noche los tristes españoles salteadores hasta media legua del pueblo, y allí
aquella noche entre sí mesmos apregonaban o leían el
dicho requerimiento, diciendo: «Caciques e indios desta
Tierra Firme de tal pueblo, hacemos os saber que hay un
Dios y un Papa, y un rey de Castilla que es señor de estas
tierras. Venid luego a le dar la obediencia, etc. Y si no,
sabed que os haremos guerra, y mataremos, y captiva-
remos, etc.» Y al cuarto del alba, estando los inocentes
durmiendo con sus mujeres e hijos, daban en el pueblo,
poniendo fuego a las casas, que comúnmente eran de
paja, y quemaban vivos los hijos y mujeres y muchos de
los demás, antes que acordasen. Mataban los que querían, y los que tomaban a vida mataban a tormentos,
porque dijesen de otros pueblos de oro, o de más oro de
lo que allí hallaban, y los que restaban herrábanlos por
esclavos. Iban después, acabado o apagado el fuego, a
buscar el oro que había en las casas [55]. Desta manera y
en estas obras se ocupó aquel hombre perdido, con todos
los malos cristianos que llevó, desde el año de catorce
hasta el año de viente y uno o veinte y dos, enviando en
aquellas entradas cinco y seis y más criados, por los
cuales le daban tantas partes (allende de la que le cabía
por capitán general) de todo el oro y perlas y joyas que
robaban y de los esclavos que hacían. Lo mesmo hacían
los oficiales del rey, enviando cada uno los más mozos o
criados que podía, y el obispo primero de aquel reino [56] enviaba también sus criados por tener su parte en aquella
granjería. Más oro robaron en aquel tiempo de aquel

---

[55] De la misma manera lo cuenta Las Casas en la *Historia*, lib. III,
capítulo 67.
[56] El franciscano fray Juan Cabedo o Quevedo: *Historia*, lib. III,
capítulo 59.

reino (a lo que yo puedo juzgar) de un millón de castellanos, y creo que me acorto, y no se hallará que enviaron al rey sino tres mil castellanos de todo aquello robado. Y más gentes destruyeron de ochocientas mil ánimas. Los otros tiranos gobernadores que allí sucedieron hasta el año de treinta y tres mataron y consintieron matar, con la tiránica servidumbre que a las guerras sucedió, los que restaban.

Entre infinitas maldades que éste hizo y consintió hacer el tiempo que gobernó fue que, dándole un cacique o señor, de su voluntad o por miedo (como más es verdad) nueve mil castellanos, no contentos con esto prendieron al dicho señor y átanlo a un palo sentado en el suelo, y estendidos los pies pónenle fuego a ellos porque diese más oro, y él envió a su casa y trajeron otros tres mil castellanos. Tórnanle a dar tormentos, y él, no dando más oro porque no lo tenía, o porque no lo quería dar, tuviéronle de aquella manera hasta que los tuétanos le salieron por las plantas y así murió. Y déstos fueron infinitas veces las que a señores mataron y atormentaron por sacalles oro.

Otra vez, yendo a saltear cierta capitanía de españoles, llegaron a un monte donde estaba recogida y escondida, por huir de tan pestilenciales y horribles obras de los cristianos, mucha gente, y dando de súbito sobre ella, tomaron setenta u ochenta doncellas y mujeres, muertos muchos que pudieron matar. Otro día juntáronse muchos indios e iban tras los cristianos peleando por el ansia de sus mujeres e hijas. Y viéndose los cristianos apretados, no quisieron soltar la cabalgada, sino meten las espadas por las barrigas de las muchachas y mujeres, y no dejaron, de todas ochenta, una viva. Los indios, que se les rasgaban las entrañas de dolor, daban gritos y decían: «¡Oh, malos hombres, crueles cristianos, a las iras matáis!» Ira llaman en aquella tierra a las mujeres, cuasi diciendo: matar las mujeres, señal es de abominables y crueles hombres bestiales[57].

---

[57] Así en la *Historia*, lib. III, cap. 77. Para lo que sigue, véase *ibíd.*, cap. 70.

A diez o quince leguas de Panamá estaba un gran señor que se llamaba París, y muy rico de oro. Fueron allá los cristianos, y recibiólos como si fueran hermanos suyos, y presentó al capitán cincuenta mil castellanos de su voluntad. El capitán y los cristianos parecióles que quien daba aquella cantidad de su gracia que debía tener mucho tesoro (que era el fin y consuelo de sus trabajos); disimularon y dicen que se quieren partir, y tornan al cuarto del alba y dan sobre seguro en el pueblo, quémanlo con fuego que pusieron, mataron y quemaron mucha gente, y robaron cincuenta o sesenta mil castellanos otros. Y el cacique o señor escapóse, que no le mataron o prendieron. Juntó presto la más gente que pudo, y a cabo de dos o tres días alcanzó los cristianos que llevaban sus ciento y treinta o cuarenta mil castellanos, y da en ellos varonilmente, y mata cincuenta cristianos, y tómales todo el oro, escapándose los otros huyendo y bien heridos. Después tornan muchos cristianos sobre el dicho cacique, y asoláronlo a él y a infinita de su gente, y los demás pusieron y mataron en la ordinaria servidumbre. Por manera que no hay hoy vestigio ni señal de que haya habido allí pueblo ni hombre nacido, teniendo treinta leguas llenas de gente de señorío. Déstas no tienen cuenta las matanzas y perdiciones que aquel mísero hombre con su compañía en aquellos reinos (que despobló) hizo.

99

De la provincia de Nicaragua

El año de mil y quinientos y veinte y dos o veinte y tres pasó este tirano a sojuzgar la felicísima provincia de Nicaragua, el cual entró en ella en triste hora[58]. Deste provincia, ¿quién podrá encarecer la felicidad, sanidad, amenidad y prosperidad y población de gente suya[59]? Era cosa verdaderamente de admiración ver cuán poblada de pueblos, que cuasi duraban tres y cuatro leguas en luengo, llenos de admirables frutales que causaba ser inmensa la gente. A estas gentes (porque era la tierra llana y rasa, que no podían asconderse en los montes, y deleitosa, que con mucha angustia y dificultad osaban dejarla, por lo cual sufrían y sufrieron grandes persecuciones, y cuanto les era posible toleraban las tiranías y servidumbre de los cristianos, y porque de su natura era gente muy mansa y pacífica), hízoles aquel tirano con sus tiranos compañeros que fueron con él, todos los que a todo el otro reino habían ayudado a destruir, tantos daños, tantas matanzas, tantas crueldades, tantos captiverios e injusticias, que no podría lengua humana decirlo. Enviaba cincuenta de caballo y hacía alancear toda una provincia mayor que el condado de Rusellón, que no dejaba hombre ni mujer ni viejo ni niño a vida, por muy liviana cosa, así como porque no venían tan

---

[58] Trátase aquí de Pedrarias Dávila.

[59] Ya en 1535, en una carta a un personaje de la corte escrita en Granada de Nicaragua, encomiaba Las Casas la belleza y felicidad de esta provincia.

presto a su llamado, o no le traían tantas cargas de maíz, que es el trigo de allá, o tantos indios para que sirviesen a él o a otro de los de su compañía; porque, como era la tierra llana, no podía huir de los caballos ninguno, ni de su ira infernal.

Enviaba españoles a hacer entradas, que es ir a saltear indios a otras provincias, y dejaba llevar a los salteadores cuantos indios querían de los pueblos pacíficos y que les servían. Los cuales echaban en cadenas porque no les dejasen las cargas de tres arrobas que les echaban a cuestas. Y acaeció vez, de muchas que esto hizo, que de cuatro mil indios no volvieron seis vivos a sus casas, que todos los dejaban muertos por los caminos. Y cuando algunos cansaban y se despeaban de las grandes cargas y enfermaban de hambre y trabajo y flaqueza, por no desensartarlos de las cadenas les cortaban por la collera la cabeza y caía la cabeza a un cabo y el cuerpo a otro[60]. Véase qué sentirían los otros. Y así, cuando se ordenaban semejantes romerías, como tenían experiencia los indios de que ninguno volvía, cuando salían iban llorando y sospirando los indios y diciendo: «Aquellos son los caminos por donde íbamos a servir a los cristianos, y aunque trabajábamos mucho, en fin volvíamonos a cabo de algún tiempo a nuestras casas y a nuestras mujeres e hijos; pero agora vamos sin esperanza de nunca jamás volver ni verlos ni de tener más vida.»

Una vez, porque quiso hacer nuevo repartimiento de los indios, porque se le antojó (y aun dicen que por quitar los indios a quien no quería bien y dallos a quien le parecía), fue causa que los indios no sembrasen una sementera, y como no hubo para los cristianos, tomaron a los indios cuanto maíz tenían para mantener a sí y a sus hijos, por lo cual murieron de hambre más de veinte

---

[60] Sobre este rasgo de crueldad, que reaparece varias veces en la *Brevísima*, abundan los testimonios fidedignos (véase Bataillon, *Estudios sobre Bartolomé de Las Casas* —citado en la Bibliografía—, Introducción).

o treinta mil ánimas, y acaeció mujer matar su hijo para comello de hambre.

Como los pueblos que tenían eran todos una muy graciosa huerta cada uno, como se dijo, aposentáronse en ellos los cristianos, cada uno en el pueblo que le repartían o (como dicen ellos) le encomendaban, y hacía en él sus labranzas, manteniéndose de las comidas pobres de los indios, y así les tomaron sus particulares tierras y heredades de que se mantenían. Por manera que tenían los españoles dentro de sus mesmas casas todos los indios, señores, viejos, mujeres y niños, y a todos hacen que les sirvan noches y días sin holganza; hasta los niños, cuan presto pueden tenerse en los pies, los ocupaban en lo que cada uno puede hacer y más de lo que puede, y así los han consumido y consumen hoy los pocos que han restado, no teniendo ni dejándolos tener casa ni cosa propia, en lo cual aun exceden a las injusticias en este género que en la Española se hacían.

Han fatigado, y opreso, y sido causa de su acelerada muerte de muchas gentes en esta provincia, haciéndoles llevar la tablazón y madera de treinta leguas al puerto para hacer navíos, y enviallos a buscar miel y cera por los montes, donde los comen los tigres. Y han cargado y cargan hoy las mujeres preñadas y paridas como a bestias.

La pestilencia más horrible que principalmente ha asolado aquella provincia ha sido la licencia que aquel gobernador dio a los españoles para pedir esclavos a los caciques y señores de los pueblos. Pedían cada cuatro o cinco meses, o cada vez que cada uno alcanzaba la gracia o licencia del dicho gobernador, al cacique cincuenta esclavos, con amenazas que si no los daban, lo habían de quemar vivo o echar a los perros bravos. Como los indios comúnmente no tienen esclavos, cuando mucho un cacique tiene dos, o tres o cuatro, iban los señores por su pueblo y tomaban lo primero todos los huérfanos, y después pedía a quien tenía dos hijos uno, y a quien tres, dos; y desta manera cumplía el cacique el número que el tirano le pedía, con grandes alaridos y llantos del pueblo, porque son las gentes que más parece que aman a sus hijos[61]. Como esto se hacía tantas veces, asolaron desde el año de veinte y tres hasta el año de treinta y tres todo aquel reino, porque anduvieron seis o siete años cinco o seis navíos al trato, llevando todas aquellas muchedumbres de indios a vender por esclavos a Panamá y al Perú, donde todos son muertos. Porque es averiguado y experimentado millares de veces que sacando los indios de sus tierras naturales, luego mueren más fácilmente. Porque siempre no les dan de comer y no les quitan nada de los trabajos, como no los vendan ni los otros los compren sino para trabajar. Desta manera han sacado de aquella provincia indios hechos esclavos, siendo tan libres como yo, más de quinientas mil ánimas. Por las guerras infernales que los españoles les han hecho y por el captiverio horrible en que los pusieron, más han muerto de otras quinientas y seiscientas mil personas hasta hoy, y hoy los matan. En obra de catorce años, todos estos estragos se han hecho. Habrá hoy en toda la dicha provincia de Nicaragua obra de cuatro o cinco mil personas, las cuales matan cada día con los servicios y opresiones cotidianas y personales, siendo (como se dijo) una de las pobladas del mundo.

---

[61] Estas y otras prácticas relató Las Casas, años después, en su *Tratado sobre los indios que se han hecho esclavos.*

De la Nueva España

En el año de mil y quinientos y diez y siete se descubrió la Nueva España[62], y en el descubrimiento se hicieron grandes escándalos en los indios y algunas muertes por los que la descubrieron. En el año de mil y quinientos y diez y ocho la fueron a robar y a matar los que se llaman cristianos, aunque ellos dicen que van a poblar[63]. Y desde este año de diez y ocho hasta el día de hoy, que estamos en el año de mil y quinientos y cuarenta y dos, ha rebosado y llegado a su colmo toda la iniquidad, toda la injusticia, toda la violencia y tiranía que los cristianos han hecho en las Indias, porque del todo han perdido todo temor a Dios y al rey, y se han olvidado de sí mesmos. Porque son tántos y tales los estragos y crueldades, matanzas y destruiciones, despoblaciones, robos, violencias y tiranías, y en tantos y tales reinos de la gran Tierra Firme, que todas las cosas que hemos dicho son nada en comparación de las que se hicieron; pero aunque las dijéramos todas, que son infinitas las que dejamos de decir, no son comparables ni en número ni en gravedad a las que desde el dicho año de mil y quinientos y diez y ocho se han hecho y perpetrado hasta este día y año de mil y quinientos y cuarenta y dos, y hoy, en este día del mes de septiembre, se hacen y come-

---

[62] Expedición de Francisco Hernández de Córdoba: *Historia*, libro III, cap. 96.

[63] Esta fecha es la del viaje de Grijalba; la conquista, la realizó Cortés a partir de 1519.

ten las más graves y abominables. Porque sea verdad la regla que arriba pusimos, que siempre desde el principio han ido creciendo en mayores desafueros y obras infernales.

Así que desde la entrada de la Nueva España, que fue a diez y ocho de abril del dicho año de diez y ocho[64], hasta el año de treinta, que fueron doce años enteros, duraron las matanzas y estragos que las sangrientas y crueles manos y espadas de los españoles hicieron continuamente en cuatrocientas y cincuenta leguas en torno cuasi de la ciudad de México y a su rededor, donde cabían cuatro y cinco grandes reinos tan grandes y harto más felices que España. Estas tierras todas eran las más pobladas y llenas de gentes que Toledo y Sevilla y Valladolid y Zaragoza, juntamente con Barcelona, porque no hay ni hubo jamás tanta población en estas ciudades, cuando más pobladas estuvieron, que Dios puso y que había en todas las dichas leguas, que para andallas en torno se han de andar más de mil y ochocientas leguas. Más han muerto los españoles dentro de los doce años dichos en las dichas cuatrocientas y cincuenta leguas, a cuchillo y a lanzadas, y quemándolos vivos, mujeres y niños y mozos y viejos, de cuatro cuentos de ánimas, mientras que duraron (como dicho es) lo que ellos llaman conquistas, siendo invasiones violentas de crueles tiranos, condenadas no sólo por la ley de Dios, pero por todas las leyes humanas, como lo son y muy peores que las que hace el turco para destruir la Iglesia cristiana. Y esto sin los que han muerto y matan cada día en la susodicha tiránica servidumbre, vejaciones y opresiones cotidianas.

Particularmente no podrá bastar lengua ni noticia e industria humana a referir los hechos espantables que en distintas partes y juntos en un tiempo en unas, y varios en varias, por aquellos hostes[65] públicos y capitales enemigos del linaje humano, se han hecho dentro de

---

[64] Véase la nota 44.
[65] Enemigos, adversarios (voz anticuada).

aquel dicho circuito, y aun algunos hechos según las circunstancias y calidades que los agravian, en verdad que cumplidamente apenas con mucha deligencia y tiempo y escriptura no se pueda explicar. Pero alguna cosa de algunas partes diré, con protestación y juramento de que no pienso que explicaré una de mil partes.

De la Nueva España

Entre otras matanzas hicieron ésta en una ciudad grande de más de treinta mil vecinos, que se llama Cholula[66]: que saliendo a recebir todos los señores de la tierra y comarca, y primero todos los sacerdotes con el sacerdote mayor, a los cristianos en procesión y con grande acatamiento y reverencia, y llevándolos en medio a aposentar a la ciudad y a las casas de aposentos del señor o señores della principales, acordaron los españoles de hacer allí una matanza o castigo (como ellos dicen) para poner y sembrar su temor y braveza en todos los rincones de aquellas tierras. Porque siempre fue ésta su determinación en todas las tierras que los españoles han entrado, conviene a saber, hacer una cruel y señalada matanza, porque tiemblen dellos aquellas ovejas mansas. Así que enviaron para esto primero a llamar todos los señores y nobles de la ciudad y de todos los lugares a ella subjetos, con el señor principal. Y así como venían y entraban a hablar al capitán de los españoles, luego eran presos sin que nadie los sintiese, que pudiese llevar las nuevas. Habíanles pedido cinco o seis mil indios que les llevasen las cargas; vinieron todos luego y métenlos en el patio de las casas. Ver a estos indios cuando se aparejan para llevar las cargas de los españoles es haber dellos una gran compasión y lástima,

---

[66] Para lo relativo a la conquista de México, Las Casas, además de disponer de las *Cartas de Relación* de Hernán Cortés y otros relatos, pudo recoger testimonios de origen indígena.

porque vienen desnudos en cueros, solamente cubiertas sus vergüenzas y con unas redecillas en el hombro con su pobre comida; pónense todos en cuclillas, como unos corderos muy mansos. Todos ayuntados y juntos en el patio con otras gentes que a vueltas estaban, pónense a las puertas del patio españoles armados que guardasen, y todos los demás echan mano a sus espadas y meten a espada y a lanzadas todas aquellas ovejas, que uno ni ninguno pudo escaparse que no fuese trucidado [67]. A cabo de dos o tres días saltan muchos indios vivos llenos de sangre, que se habían escondido y amparado debajo de los muertos (como eran tantos); iban llorando ante los españoles pidiendo misericordia, que no los matasen. De los cuales ninguna misericordia ni compasión hubieron, antes así como salían los hacían pedazos. A todos los señores, que eran más de ciento y que tenían atados, mandó el capitán quemar y sacar vivos en palos hincados en la tierra. Pero un señor, y quizá era el principal y rey de aquella tierra, pudo soltarse y recogióse con otros veinte o treinta o cuarenta hombres al templo grande que allí tenían, el cual era como fortaleza, que llamaban Cuu, y allí se defendió gran rato del día. Pero los españoles, a quien no se les ampara nada, mayormente en estas gentes desarmadas, pusieron fuego al templo y allí los quemaron, dando voces: «¡Oh, malos hombres! ¿Qué os hemos hecho?, ¿por qué nos matáis? Andad, que a México iréis, donde nuestro universal señor Motenzuma de vosotros nos hará venganza.» Dícese que estando metiendo a espada los cinco o seis mil hombres en el patio, estaba cantando el capitán de los españoles: «Mira Nero de Tarpeya, a Roma cómo se ardía; gritos dan niños y viejos, y él de nada se dolía» [68].

Otra gran matanza hicieron en la ciudad de Tepeaca [69], que era mucho mayor y de más vecinos y gente que la

---

[67] Muerto con crueldad (voz anticuada).
[68] Primeros versos de un muy conocido romance viejo.
[69] Esto sucedió después de salidos los españoles de la capital azteca.

dicha, donde mataron a espada infinita gente, con grandes particularidades de crueldad.

De Cholula caminaron hacia México, y enviándoles el gran rey Motenzuma millares de presentes y señores y gentes y fiestas al camino, y a la entrada de la calzada de México, que es a dos leguas, envióles a su mesmo hermano acompañado de muchos grandes señores y grandes presentes de oro y plata y ropas. Y a la entrada de la ciudad, saliendo él mesmo en persona en unas andas de oro con toda su gran corte a recebirlos, y acompañándolos hasta los palacios en que los había mandado aposentar, aquel mesmo día, según me dijeron algunos de los que allí se hallaron, con cierta disimulación, estando seguro, prendieron al gran rey Motenzuma[70], y pusieron ochenta hombres que le guardasen, y después echáronlo en grillos. Pero dejado todo esto, en que había grandes y muchas cosas que contar, sólo quiero decir una señalada que aquellos tiranos hicieron. Yéndose el capitán de los españoles al puerto de la mar a prender a otro cierto capitán que venía contra él[71]; y dejado cierto capitán, creo que con ciento pocos más hombres que guardasen al rey Motenzuma, acordaron aquellos españoles de cometer otra cosa señalada, para acrecentar su miedo en toda la tierra: industria (como dije) de que muchas veces han usado. Los indios y gente y señores de toda la ciudad y corte de Motenzuma no se ocupaban en otra cosa sino en dar placer a su señor preso. Y entre otras fiestas que le hacían era en las tardes hacer por todos los barrios y plazas de la ciudad los bailes y danzas que acostumbran y que llaman ellos mitotes, como en las islas llaman areitos, donde sacan todas sus galas y riquezas, y con ellas se emplean todos, porque es la principal manera de regocijo y fiestas. Y los más

---

[70] Según la *Segunda Carta de Relación* de Cortés y otras fuentes, ocurrió este hecho algunos días después.

[71] Pánfilo de Narváez. El relato que sigue es el de la matanza llamada «del Templo Mayor», ordenada por Pedro de Alvarado en ausencia de Cortés (y no mencionada por éste en su *Segunda Carta de Relación*).

nobles y caballeros y de sangre real, según sus grados, hacían sus bailes y fiestas más cercanas a las casas donde estaba preso su señor. En la más propincua parte a los dichos palacios estaban sobre dos mil hijos de señores, que era toda la flor y nata de la nobleza de todo el imperio de Motenzuma. A éstos fue el capitán de los españoles con una cuadrilla dellos, y envió otras cuadrillas a todas otras partes de la ciudad donde hacían las dichas fiestas, disimulados como que iban a verlas, y mandó qué a cierta hora todos diesen en ellos. Fue él, y estando embebidos y seguros en sus bailes, dicen: «¡Santiago y a ellos!», y comienzan con las espadas desnudas a abrir aquellos cuerpos desnudos y delicados, y a derramar aquella generosa sangre, que uno no dejaron a vida; lo mesmo hicieron los otros en las otras plazas. Fue una cosa ésta que a todos aquellos reinos y gentes puso en pasmo y angustia y luto, e hinchó de amargura y dolor; y de aquí a que se acabe el mundo, o ellos del todo se acaben, no dejarán de lamentar y cantar en sus areitos y bailes[72], como en romances (que acá decimos), aquella calamidad y pérdida de la sucesión de toda su nobleza, de que se preciaban de tantos años atrás.

Vista por los indios cosa tan injusta y crueldad tan nunca vista en tantos inocentes sin culpa perpetrada, los que habían sufrido con tolerancia la prisión no menos injusta de su universal señor, porque él mesmo se lo mandaba que no acometiesen ni guerreasen a los cristianos, entonces pónense en armas toda la ciudad y vienen sobre ellos, y heridos muchos de los españoles apenas se pudieron escapar. Ponen un puñal a los pechos al preso Motenzuma, que se pusiese a los corredores y mandase que los indios no combatiesen la casa, sino que se pusiesen en paz. Ellos no curaron entonces de obedecelle en nada, antes platicaban de elegir otro señor y capitán que guiase sus batallas. Y porque ya volvía el capitán

---

[72] Esta pudo ser una fuente directa de Las Casas sobre la matanza del Templo Mayor.

que había ido al puerto, con victoria, y traía muchos más cristianos y venía cerca, cesaron el combate obra de tres o cuatro días, hasta que entró en la ciudad. Él entrando, ayuntada infinita gente de toda la tierra, combaten a todos juntos de tal manera y tantos días, que temiendo todos morir acordaron una noche salir de la ciudad. Sabido por los indios, mataron gran cantidad de cristianos en las puentes de la laguna[73], con justísima y sancta guerra, por las causas justísimas que tuvieron, como dicho es. Las cuales, cualquiera que fuere hombre razonable y justo las justificara. Sucedió después el combate de la ciudad, reformados los cristianos, donde hicieron estragos en los indios admirables y estraños, matando infinitas gentes y quemando vivos muchos y grandes señores.

Después de las tiranías grandísimas y abominables que éstos hicieron en la ciudad de México y en las ciudades y tierra mucha (que por aquellos alderrédores diez y quince y veinte leguas de México, donde fueron muertas infinitas gentes), pasó adelante esta su tiránica pestilencia y fue a cundir e inficionar y asolar a la provincia de Pánuco[74], que era una cosa admirable la multitud de las gentes que tenía, y los estragos y matanzas que allí hicieron. Después destruyeron por la mesma manera la provincia de Tututepeque, y después la provincia de Ipilcingo, y después la de Colima, que cada una es más tierra que el reino de León y que el de Castilla. Contar los estragos y muertes y crueldades que en cada una hicieron sería sin duda una cosa dificilísima e imposible de decir, y trabajosa de escuchar.

Es aquí de notar que el título con que entraban y por el cual comenzaban a destruir todos aquellos inocentes y despoblar aquellas tierras, que tanta alegría y gozo

---

[73] La famosa «Noche Triste» de 1520. El sitio de México, aludido a continuación, tuvo lugar en 1521.

[74] Para esta expedición y las que siguen mencionadas, la fuente principal es la *Cuarta Carta de Relación* de Cortés.

debieran de causar a los que fueran verdaderos cristianos, con su tan grande e infinita población, era decir que viniesen a subjetarse y obedecer al rey de España, donde no, que los habían de matar y hacer esclavos. Y los que no venían tan presto a cumplir tan irracionales y estultos mensajes, y a ponerse en las manos de tan inicuos y crueles y bestiales hombres, llamábanles rebeldes y alzados contra el servicio de Su Majestad. Y así lo escrebían acá al rey nuestro señor [75]; y la ceguedad de los que regían las Indias no alcanzaba ni entendía aquello que en sus leyes está expreso y más claro que otro de sus primeros principios, conviene a saber: que ninguno es ni puede ser llamado rebelde si primero no es súbdito. Considérese por los cristianos y que saben algo de Dios y de razón, y aun de las leyes humanas, qué tales pueden parar los corazones de cualquier gente que vive en sus tierras segura, y no sabe que deba nada a nadie, y que tiene sus naturales señores, las nuevas que les dijeren así de súpito: «Daos a obedecer a un rey estraño, que nunca vistes ni oistes, y si no, sabed que luego os hemos de hacer pedazos», especialmente viendo por experiencia que así luego lo hacen. Y lo que más espantable es, que a los que de hecho obedecen ponen en aspérrima servidumbre, donde con increíbles trabajos y tormentos más largos y que duran más que los que les dan metiéndolos a espada, al cabo perecen ellos y sus mujeres e hijos, y toda su generación. Y ya que con los dichos temores y amenazas, aquellas gentes u otras cualesquiera en el mundo vengan a obedecer y reconocer el señorío de rey estraño, no ven los ciegos y turbados de ambición y diabólica cudicia que no por eso adquieren una punta de derecho, como verdaderamente sean temores y miedos, aquellos cadentes inconstantísimos *viros* [76], que de derecho natural y humano y divino es todo aire cuanto se hace para

---

[75] En sus cartas al emperador, insiste mucho Cortés en su respeto de la ley del Requerimiento.

[76] *viros:* hombres (latinismo); *cadentes* ha de tomarse en el sentido de «perdidos».

que valga, si no es el reatu [77] y obligación que les queda a los fuegos infernales, y aun a las ofensas y daños que hacen a los reyes de Castilla, destruyéndole aquellos sus reinos y aniquilándoles (en cuanto en ellos es) todo el derecho que tienen a todas las Indias. Y éstos son, y no otros, los servicios que los españoles han hecho a los dichos señores reyes en aquellas tierras, y hoy hacen.

Con este tan justo y aprobado título envió aqueste capitán tirano otros dos tiranos capitanes muy más crueles y feroces, peores y de menos piedad y misericordia que él, a los grandes y florentísimos y felicísimos reinos, de gentes plenísimamente llenos y poblados, conviene a saber, el reyno de Guatimala, que está a la mar del Sur, y el otro de Naco y Honduras o Guaimura, que está a la mar del Norte [78], frontero el unó del otro y que confinaban y partían términos ambos a dos trescientas leguas de México. El uno despachó por la tierra y el otro en navíos por la mar [79], con mucha gente de caballo y de pie cada uno.

Digo verdad que de lo que ambos hicieron en mal, y señaladamente del que fue al reino de Guatimala, porque el otro presto mala muerte murió [80], que podría expresar y colegir tantas maldades, tantos estragos, tantas muertes, tantas despoblaciones, tantas y tan fieras injusticias que espantasen los siglos presentes y venideros e hinchese dellas un gran libro. Porque éste excedió a todos los pasados y presentes, así en la cantidad y número de las abominaciones que hizo, como de las gentes que destruyó y tierras que hizo desiertas, porque todas fueron infinitas.

El que fue por la mar y en navíos hizo grandes robos y

[77] *reatu:* reato, obligación que queda a la pena correspondiente al pecado, después de perdonado.

[78] Estos dos «mares» del Sur y del Norte son el Pacífico y el Atlántico, así llamados por la dirección Oeste-Este de la costa del istmo de Panamá.

[79] Pedro de Alvarado por tierra y Cristóbal de Olid por mar.

[80] Murió Olid asesinado por sus rivales Francisco de Las Casas y Gil González Dávila.

escándalos y aventamientos[81] de gentes en los pueblos de la costa, saliéndole a recebir algunos con presentes en el reino de Yucatán, que está en el camino del reino susodicho de Naco y Guaimura, donde iba. Después de llegado a ellos, envió capitanes y mucha gente por toda aquella tierra que robaban y mataban y destruían cuantos pueblos y gentes había. Y especialmente uno que se alzó con trescientos hombres y se metió la tierra adentro hacia Guatimala, fue destruyendo y quemando cuantos pueblos hallaba, y robando y matando las gentes dellos. Y fue haciendo esto de industria más de ciento y veinte leguas, porque si enviasen tras él, hallasen los que fuesen la tierra despoblada y alzada, y los matasen los indios en venganza de los daños y destruiciones que dejaban hechos. Desde a pocos días mataron al capitán principal que le envió y a quien éste se alzó, y después sucedieron otros muchos tiranos crudelísimos que con matanzas y crueldades espantosas, y con hacer esclavos y vendellos a los navíos que les traían vino y vestidos y otras cosas, y con la tiránica servidumbre ordinaria, desde el año de mil y quinientos y veinte y cuatro hasta el año de mil y quinientos y treinta y cinco, asolaron aquellas provincias y reino de Naco y Honduras, que verdaderamente parecían un paraíso de deleites y estaban más pobladas que la más frecuentada y poblada tierra que puede ser en el mundo. Y agora pasamos y venimos por ellas[82], y las vimos tan despobladas y destruidas que cualquiera persona, por dura que fuera, se le abrieran las entrañas de dolor. Más han muerto en estos once años de dos cuentos de ánimas, y no han dejado en más de cient leguas en cuadra dos mil personas, y éstas cada día las matan en la dicha servidumbre.

Volviendo la péndola[83] a hablar del grande tirano capitán que fue a los reinos de Guatimala, el cual,

---

[81] Dispersiones, derramamientos violentos (familiar).
[82] Alude Las Casas a su vuelta a España en 1540.
[83] La pluma de escribir.

como está dicho, excedió a todos los pasados e iguala con todos los que hoy hay, desde las provincias comarcanas a México, que por el camino que él fue (según él mesmo escribió en una carta al principal que le envió [84]) están del reino de Guatimala cuatrocientas leguas, fue haciendo matanzas y robos, quemando y robando y destruyendo donde llegaba toda la tierra con el título susodicho, conviene a saber, diciéndoles que se subjectasen a ellos, hombres tan inhumanos, injustos y crueles, en nombre del rey de España, incógnito y nunca jamás dellos oído. El cual estimaban ser muy más injusto y cruel que ellos; y aun sin dejallos deliberar, cuasi tan presto como el mensaje, llegaban matando y quemando sobre ellos.

---

[84] Escribió Alvarado tres cartas de relación a Hernán Cortés. Se perdió la primera, siendo las otras dos la fuente principal de estas páginas de la *Brevísima*.

De la provincia y reino de Guatimala

Llegado al dicho reino, hizo en la entrada dél mucha matanza de gente. Y no obstante esto, salióle a recebir en unas andas con trompetas y atabales y muchas fiestas el señor principal con muchos señores de la ciudad de Utatlán[85], cabeza de todo el reino, donde le sirvieron de todo lo que tenían, en especial dándoles de comer cumplidamente y todo lo que más pudieron. Aposentáronse fuera de la ciudad los españoles aquella noche, porque les pareció que era fuerte y que dentro pudieran tener peligro. Y otro día llama al señor principal y otros muchos señores, y venidos como mansas ovejas, préndelos todos y dice que le den tantas cargas de oro. Responden que no lo tienen, porque aquella tierra no es de oro. Mándalos luego quemar vivos, sin otra culpa ni otro proceso ni sentencia. Desque vieron los señores de todas aquellas provincias que habían quemado aquellos señor y señores supremos, no más de porque no daban oro, huyeron todos de sus pueblos metiéndose en los montes, y mandaron a toda su gente que fuesen a los españoles y les sirviesen como a señores, pero que no los descubriesen diciéndoles dónde estaban. Viénense toda la gente de la tierra a decir que querían ser suyos y servirles como a señores. Respondía este piadoso capitán que no los querían recebir, antes los habían de matar a todos si no descubrían dónde estaban sus señores. Decían los indios

---

[85] Capital de los Quichés; su jefe principal fue el famoso Tecum Uman, muerto por Alvarado.

que ellos no sabían dellos, que se sirviesen dellos y de sus mujeres e hijos, y que en sus casas los hallarían; allí los podían matar o hacer dellos lo que quisiesen; y esto dijeron y ofrecieron e hicieron los indios muchas veces. Y cosa fue ésta maravillosa, que iban los españoles a los pueblos, donde hallaban las pobres gentes trabajando en sus oficios con sus mujeres e hijos seguros, y allí los alanceaban y hacían pedazos. Y a pueblo muy grande y poderoso vinieron (que estaban descuidados más que otros y seguros con su inocencia) y entraron los españoles y en obra de dos horas casi lo asolaron, metiendo a espada los niños y mujeres y viejos, con cuantos matar pudieron que huyendo no se escaparon.

Desque los indios vieron que con tanta humildad, ofertas y paciencia y sufrimiento no podían quebrantar ni ablandar corazones tan inhumanos y bestiales, y que tan sin apariencia ni color de razón, y tan contra ella los hacían pedazos, viendo que así como así habían de morir, acordaron de convocarse y juntarse todos y morir en la guerra, vengándose como pudiesen de tan crueles e infernales enemigos, puesto que bien sabían que siendo no sólo inermes, pero desnudos, a pie y flacos, contra gente tan feroz, a caballo y tan armada, no podían prevalecer sino al cabo ser destruidos. Entonces inventaron unos hoyos en medio de los caminos donde cayesen los caballos y se hincasen por las tripas unas estacas agudas y tostadas de que estaban los hoyos llenos, cubiertos por encima de céspedes y yerbas, que no parecía que hubiese nada. Una o dos veces cayeron caballos en ellos no más, porque los españoles se supieron dello guardar. Pero para vengarse hicieron ley los españoles que todos cuantos indios de todo género y edad tomasen a vida, echasen dentro en los hoyos. Y así las mujeres preñadas y paridas, y niños y viejos y cuantos podían tomar echaban en los hoyos hasta que los henchían, traspasados por las estacas, que era una gran lástima de ver, especialmente las mujeres con sus niños. Todos los demás mataban a lanzadas y a cuchilladas, echábanlos a perros bravos que los despedazaban y comían; y cuando algún señor topaban, por honra quemábanlo en vivas llamas. Estuvieron en estas carnecerías tan inhumanas cerca de siete años, desde el año de veinte y cuatro hasta el año de treinta o treinta y uno: júzguese aquí cuánto sería el número de la gente que consumirían.

De infinitas obras horribles que en este reino hizo este infelice malaventurado tirano y sus hermanos[86] (porque eran sus capitanes no menos infelices e insensibles que él, con los demás que les ayudaban), fue una harto notable: que fue a la provincia de Cuzcatlán, donde agora o cerca de allí es la villa de Sant Salvador, que es una tierra felicísima con toda la costa de la mar del Sur, que dura cuarenta y cincuenta leguas; y en la ciudad de Cuzcatlán, que era la cabeza de la provincia, le hicieron grandísimo recebimiento, y sobre veinte o treinta mil indios le estaban esperando cargados de gallinas y comida. Llegado y recebido el presente, mandó que cada español tomase de aquel gran número de gente todos los indios que quisiese, para los días que allí estuviesen servirse dellos y que tuviesen cargo de traerles lo que hobiesen menester. Cada uno tomó ciento o cincuenta, o los que le parecía que bastaban para ser muy bien servido, y los inocentes corderos sufrieron la división y servían con todas sus fuerzas, que no faltaba sino adorallos. Entre tanto este capitán pidió a los señores que le trujesen mucho oro, porque a aquello principalmente venían. Los indios responden que les place darles todo el oro que tienen, y ayuntan muy gran cantidad de hachas de cobre (que tienen con que se sirven) dorado, que parece oro porque tiene alguno. Mándales poner el toque, y desque vido que eran cobre, dijo a los españoles: «Dad al diablo tal tierra; vámonos, pues que no hay oro; y cada uno de los indios que tiene que le sirven, échelos en cadena y mandaré herrárselos por esclavos.» Hácenlo así y hiérranlos con el hierro del rey por esclavos a todos los

---

[86] Gonzalo, Gómez y Jorge de Alvarado.

que pudieron atar, y yo vide el hijo del señor principal de aquella ciudad herrado. Vista por los indios que se soltaron y los demás de toda la tierra tan gran maldad, comienzan a juntarse y a ponerse en armas. Los españoles hacen en ellos grandes estragos y matanzas, y tórnanse a Guatimala, donde edificaron una ciudad, la que agora con justo juicio, con tres diluvios juntamente, uno de agua y otro de tierra y otro de piedras más gruesas que diez y veinte bueyes, destruyó la justicia divinal[87]. Donde muertos todos los señores y los hombres que podían hacer guerra, pusieron todos los demás en la sobredicha infernal servidumbre, y con pedirles esclavos de tributo y dándoles los hijos e hijas, porque otros esclavos no los tienen, y ellos enviando navíos cargados dellos a vender al Perú, y con otras matanzas y estragos que sin los dichos hicieron, han destruido y asolado un reino de cient leguas en cuadra y más, de los más felices en fertilidad y población que puede ser en el mundo. Y este tirano mesmo escribió que era más poblado que el reino de México, y dijo verdad: más ha muerto él y sus hermanos, con los demás, de cuatro y de cinco cuentos de ánimas en quince o diez y seis años, desde el año de veinte y cuatro hasta el de cuarenta, y hoy matan y destruyen los que quedan, y así matarán los demás.

Tenía éste esta costumbre, que cuando iba a hacer guerra a algunos pueblos o provincias, llevaba de los ya sojuzgados indios cuantos podía que hiciesen guerra a los otros; y como no les daba de comer a diez y a veinte mil hombres que llevaba, consentíales que comiesen a los indios que tomasen. Y así había en su real solenísima carnecería de carne humana, donde en su presencia se mataban los niños y se asaban, y mataban el hombre por solas las manos y pies, que tenían por los mejores bocados. Y con estas inhumanidades, oyén-

---

[87] Concuerdan estas precisiones con los relatos que se han conservado de esta catástrofe (septiembre 1541).

dolas todas las otras gentes de las de otras tierras, no sabían dónde se meter de espanto.

Mató infinitas gentes con hacer navíos. Llevaba de la mar del Norte a la del Sur, ciento y treinta leguas, los indios cargados con anclas de tres y cuatro quintales, que se les metían las uñas dellas por las espaldas y lomos. Y llevó desta manera mucha artillería en los hombros de los tristes desnudos, y yo vide muchos cargados de artillería por los caminos, angustiados. Descasaba y robaba los casados, tomándoles las mujeres y las hijas, y dábalas a los marineros y soldados por tenellos contentos para llevallos en sus armadas. Henchía los navíos de indios, donde todos perecían de sed y hambre. Y es verdad que si hobiese de decir en particular sus crueldades, hiciese un gran libro que al mundo espantase. Dos armadas hizo[88], de muchos navíos cada una, con las cuales abrasó, como si fuera fuego del cielo, todas aquellas tierras. ¡Oh, cuántos huérfanos hizo, cuántos robó de sus hijos, cuántos privó de sus mujeres, cuántas mujeres dejó sin maridos; de cuántos adulterios y estupros y violencias fue causa! ¡Cuántos privó de su libertad, cuántas angustias y calamidades padecieron muchas gentes por él! ¡Cuántas lágrimas hizo derramar, cuántos sospiros, cuántos gemidos, cuántas soledades en esta vida, y de cuántos dannación eterna en la otra causó, no sólo de indios, que fueron infinitos, pero de los infelices cristianos de cuyo consorcio se favoreció en tan grandes insultos, gravísimos pecados y abominaciones tan execrables! Y plega a Dios que dél haya habido misericordia y se contente con tan mala fin como al cabo le dio[89].

---

[88] La primera para ir al Perú (1534); la segunda destinada a una gran expedición a las islas de «la Especiería» (1541), que Alvarado no pudo realizar.

[89] Murió Alvarado de modo accidental en la provincia de Jalisco (julio 1541).

De la Nueva España y Pánuco y Jalisco

Hechas las grandes crueldades y matanzas dichas y las que se dejaron de decir en las provincias de la Nueva España y en la de Pánuco, sucedió en la de Pánuco otro tirano insensible cruel el año de mil y quinientos y veinte y cinco[90], que haciendo muchas crueldades y herrando muchos y gran número de esclavos de las maneras susodichas, siendo todos los hombres libres, y enviando cargados muchos navíos a las islas Cuba y Española, donde mejor venderlos podía, acabó de asolar toda aquella provincia, y acaeció allí dar por una yegua ochenta indios, ánimas racionales. De aquí fue proveído para gobernar la ciudad de México y toda la Nueva España, con otros grandes tiranos por oidores y él por presidente[91]. El cual con ellos cometieron tan grandes males, tantos pecados, tantas crueldades, robos y abominaciones que no se podrían creer. Con las cuales pusieron toda aquella tierra en tan última despoblación, que si Dios no le atajara con la resistencia de los religiosos de Sant Francisco[92], y luego con la nueva provisión de un Audiencia Real buena y amiga de toda virtud[93], en dos años dejaran la Nueva España como

---

[90] Nuño de Guzmán.

[91] Es cosa notoria el desgobierno de la primera Audiencia de la Nueva España (Nuño de Guzmán, presidente; Paredes, Francisco Maldonado, Matienzo y Delgadillo, oidores).

[92] Llegaron los primeros franciscanos —«los Doce»— en 1524.

[93] Notorio es también el buen gobierno de la segunda Audiencia (Ramírez de Fuenleal, presidente; Vasco de Quiroga, Alonso Maldonado, Francisco y Juan de Salmerón, oidores).

está la isla Española. Hobo hombre de aquellos de la compañía déste, que para cercar de pared una gran huerta suya traía ocho mil indios trabajando sin pagalles nada ni dalles de comer, que de hambre se caían muertos súpitamente, y él no se daba por ello nada.

Desque tuvo nueva el principal desto, que dije que acabó de asolar a Pánuco, que venía la dicha buena Real Audiencia, inventó de ir la tierra adentro a descubrir donde tiranizase, y sacó por fuerza de la provincia de México quince o veinte mil hombres para que le llevasen, y a los españoles que con él iban, las cargas, de los cuales no volvieron doscientos, que todos fue causa que muriesen por allá. Llegó a la provincia de Mechuacam que es cuarenta leguas de México, otra tal y tan felice y tan llena de gente como la de México, saliéndole a recibir el rey y señor della[94] con procesión de infinita gente, y haciéndole mil servicios y regalos. Prendió luego al dicho rey porque tenía fama de muy rico de oro y plata, y porque le diese muchos tesoros comienza a dalle estos tormentos el tirano: pónelo en un cepo por los pies y el cuerpo estendido, y atado por las manos a un madero; puesto un brasero junto a los pies, y un muchacho, con un hisopillo mojado en aceite, de cuando en cuando se los rociaba para tostalle bien los cueros; de una parte estaba un hombre cruel que con una ballesta armada apuntábale al corazón; de la otra otro con un muy terrible perro bravo echándoselo, que en un credo lo despedazara; y así lo atormentaron porque descubriese los tesoros que pretendía, hasta que, avisado cierto religioso de Sant Francisco, se lo quitó de las manos: de los cuales tormentos al fin murió. Y desta manera atormentaron y mataron a muchos señores y caciques en aquellas provincias porque diesen oro y plata.

Cierto tirano en este tiempo, yendo por visitador más de las bolsas y haciendas, para roballas, de los indios que no de las ánimas o personas, halló que ciertos

---

[94] El Catzontzín.

indios tenían escondidos sus ídolos, como nunca los hobiesen enseñado los tristes españoles otro mejor dios. Prendió los señores hasta que le dieron los ídolos, creyendo que eran de oro o de plata, por lo cual cruel e injustamente los castigó. Y porque no quedase defraudado de su fin, que era robar, constriñó a los dichos caciques que le comprasen los ídolos, y se los compraron por el oro o plata que pudieron hallar, para adorarlos como solían por dios. Estas son las obras y ejemplos que hacen, y honra que procuran a Dios en las Indias los malaventurados españoles.

Pasó este gran tirano capitán de la de Mechuacam a la provincia de Jalisco, que estaba entera y llena como una colmena de gente poblatísima y felicísima, porque es de las fértiles y admirables de las Indias; pueblo tenía que casi duraba siete leguas su población. Entrando en ella, salen los señores y gente con presentes y alegría, como suelen todos los indios, a recebir. Comenzó a hacer las crueldades y maldades que solía, y que todos allá tienen de costumbre, y muchas más, por conseguir el fin que tienen por dios, que es el oro. Quemaba los pueblos, prendía los caciques, dábales tormentos, hacía cuantos tomaba esclavos. Llevaba infinitos atados en cadenas, las mujeres paridas yendo cargadas con cargas que de los malos cristianos llevaban; no pudiendo llevar las criaturas por el trabajo y flaqueza de hambre, arrojábanlas por los caminos, donde infinitas perecieron.

Un mal cristiano, tomando por fuerza una doncella para pecar con ella, arremetió la madre para se la quitar; saca un puñal o espada y córtale una mano a la madre; y a la doncella, porque no quiso consentir, matóla a puñaladas.

Entre otros muchos hizo herrar por esclavos injustamente, siendo libres (como todos lo son), cuatro mil y quinientos hombres y mujeres y niños de un año a las tetas de las madres, y de dos y tres y cuatro y cinco años, aun saliéndole a recebir de paz, sin otros infinitos que no se contaron.

Acabadas infinitas guerras inicuas e infernales y matanzas en ellas que hizo, puso toda aquella tierra en la ordinaria y pestilencial servidumbre tiránica, que todos los tiranos cristianos de las Indias suelen y pretenden poner aquellas gentes. En la cual consintió hacer a sus mesmos mayordomos y a todos los demás crueldades y tormentos nunca oídos, por sacar a los indios oro y tributos. Mayordomo suyo mató muchos indios, ahorcándolos y quemándolos vivos, y echándolos a perros bravos, y cortándoles pies y manos y cabezas y lenguas, estando los indios de paz, sin otra causa alguna más de por amedentrallos para que le sirviesen y diesen oro o tributos, viéndolo y sabiéndolo el mesmo egregio tirano, sin muchos azotes crueles y palos y bofetadas y otras especies de crueldades que en ellos hacían cada día y cada hora ejercitaban.

Dícese de él que ochocientos pueblos destruyó y abrasó en aquel reino de Jalisco, por lo cual fue causa que de desesperados (viéndose todos los demás tan cruelmente perecer), se alzasen y fuesen a los montes y matasen muy justa y dignamente algunos españoles. Y después, con las injusticias y agravios de otros modernos tiranos que por allí pasaron para destruir otras provincias, se juntaron muchos indios, haciéndose fuertes en ciertos peñones, en los cuales agora de nuevo han hecho en ellas tan grandes crueldades que cuasi han acabado de despoblar y asolar toda aquella gran tierra, matando infinitas gentes[95]. Y los tristes ciegos, dejados de Dios venir a reprobado sentido, no viendo la justísima causa y causas muchas llenas de toda justicia, que los indios tienen por ley natural, divina y humana de los hacer pedazos, si fuerzas y armas tuviesen, y echallos de sus tierras, y la injustísima y llena de toda iniquidad, condenada por todas las leyes, que ellos tienen para, sobre tantos insultos y tiranías y grandes e inexpiables

---

[95] En esta guerra de Jalisco de 1541 tomó parte Alvarado, muriendo allí de una caída de caballo.

pecados que han cometido en ellos, moverles de nuevo guerra, piensan y dicen y escriben que las victorias que han de los inocentes indios asolándolos, todas se las da Dios porque sus guerras inicuas tienen justicia, como se gocen y glorien y hagan gracias a Dios de sus tiranías, como lo hacían aquellos tiranos ladrones de quien dice el profeta Zacharias, cap. 11: *Pasce pecora ocisionis, quae qui occidebant non dolebant sed dicebant, benedictus deus quod divites facti sumus* [96].

Tropas españolas torturando indios (siglo XVI).

---

[96] Apacienta los rebaños para el matadero, pues quienes los mataban no se dolían, sino que decían: «Bendito sea Dios, porque ricos hemos sido hechos.»

125

Del reino de Yucatán

El año de mil y quinientos y veinte y seis fue otro infelice hombre proveído por gobernador del reino de Yucatán[97], por las mentiras y falsedades que dijo y ofrecimientos que hizo al rey, como los otros tiranos han hecho hasta agora, porque les den oficios y cargos con que puedan robar. Este reino de Yucatán estaba lleno de infinitas gentes, porque es la tierra en gran manera sana y abundante de comidas y frutas mucho (aun más que la de México), y señaladamente abunda de miel y cera más que ninguna parte de las Indias de lo que hasta agora se ha visto. Tiene cerca de trescientas leguas de boja o en torno el dicho reino. La gente dél era señalada entre todas las de las Indias[98], así en prudencia y policía como en carecer de vicios y pecados más que otra, y muy aparejada y digna de ser traída al conocimiento de su Dios, y donde se pudieran hacer grandes ciudades de españoles, y vivieran como en un paraíso terrenal (si fueran dignos della); pero no lo fueron por su gran cudicia e insensibilidad y grandes pecados, como no han sido dignos de las otras muchas partes que Dios les había en aquellas Indias demostrado. Comenzó este tirano con trescientos hombres que llevó consigo a hacer crueles guerras a aquellas gentes buenas, inocentes, que estaban en sus casas sin ofender a nadie, donde mató y destruyó

---

[97] Francisco de Montejo.

[98] Eran los descendientes de los Mayas, que habían alcanzado el más alto grado de civilización del Nuevo Mundo.

infinitas gentes. Y porque la tierra no tiene oro, porque si lo tuviera, por sacallo en las minas los acabara, pero por hacer oro de los cuerpos y de las ánimas de aquellos por quien Jesucristo murió, hace a barrisco [99] todos los que no mataba esclavos, y a muchos navíos que venían al olor y fama de los esclavos enviaba llenos de gentes, vendidas por vino y aceite y vinagre, y por tocinos, y por vestidos, y por caballos, y por lo que él y ellos habían menester, según su juicio y estima. Daba a escoger entre cincuenta y cien doncellas, una de mejor parecer que otra, cada uno la que escogese, por una arroba de vino o de aceite o vinagre, o por un tocino, y lo mesmo un muchacho bien dispuesto, entre ciento o doscientos escogido, por otro tanto. Y acaeció dar un muchacho que parecía hijo de príncipe por un queso, y cient personas por un caballo. En estas obras estuvo desde el año de veinte y seis hasta el año de treinta y tres, que fueron siete años, asolando y despoblando aquellas tierras y matando sin piedad aquellas gentes, hasta que oyeron allí las nuevas de las riquezas del Perú, que se fue la gente española que tenía, y cesó por algunos días aquel infierno. Pero después tornaron sus ministros a hacer otras grandes maldades, robos y captiverios y ofensas grandes de Dios, y hoy no cesan de hacerlas, y cuasi tienen despobladas todas aquellas trescientas leguas que estaban (como se dijo) tan llenas y pobladas.

No bastaría a creer nadie ni tampoco a decirse los particulares casos de crueldades que allí se han hecho; sólo diré dos o tres que me ocurren. Cuando andaban los tristes españoles con perros bravos buscando y aperreando los indios, mujeres y hombres, una india enferma, viendo que no podía huir de los perros que no la hiciesen pedazos como hacían a los otros, tomó una soga y atóse al pie un niño que tenía de un año y ahorcóse de una viga, y no lo hizo tan presto que no llegaran los perros,

---

[99] En junto, en tropel.

y despedazaron el niño, aunque antes que acabase de morir lo baptizó un fraile.

Cuando se salían los españoles de aquel reino, dijo uno a un hijo de un señor de cierto pueblo o provincia que se fuese con él; dijo el niño que no quería dejar su tierra. Responde el español: «Vete conmigo, si no, cortarte he las orejas.» Dice el muchacho que no. Y diciéndole el muchacho que no quería dejar su tierra, córtale las narices, riendo como si le diera un repelón lo más.

Este hombre perdido se loó y jactó delante de un venerable religioso, desvergonzadamente, diciendo que trabajaba cuanto podía por empreñar muchas mujeres indias para que, vendiéndolas preñadas por esclavas, le diesen más precio de dinero por ellas.

En este reino o en una provincia de la Nueva España, yendo cierto español con sus perros a caza de venados o de conejos, un día, no hallando qué cazar, parecióle que tenían hambre los perros, y toma un muchacho chiquito a su madre, y con un puñal córtale a tarazones los brazos y las piernas, dando a cada perro su parte, y después de comidos aquellos tarazones, échales todo el corpecito en el suelo a todos juntos. Véanse aquí cuánta es la insensibilidad de los españoles en aquellas tierras, y cómo los ha traído Dios *in reprobus sensus*[100], y en qué estima tienen a aquellas gentes, criadas a la imagen de Dios y redimidas por su sangre. Pues peores cosas veremos abajo.

Dejadas infinitas e inauditas crueldades que hicieron los que se llaman cristianos en este reino, que no basta juicio a pensallas, sólo con esto quiero concluirlo. Que salidos todos los tiranos infernales dél con el ansia, que los tiene ciegos, de las riquezas del Perú, movióse el padre fray Jacobo[101] con cuatro religiosos de su orden de Sant Francisco a ir a aquel reino a apaciguar y predicar y traer a Jesucristo el rebusco de aquellas gentes que res-

---

[100] En reprobado sentido.
[101] Fray Jacobo de Tastera o Testera, franciscano, amigo de Las Casas.

taban de la vendimia infernal y matanzas tiránicas que los españoles en siete años habían perpetrado; y creo que fueron estos religiosos el año de treinta y cuatro, enviándoles delante ciertos indios de la provincia de México por mensajeros, si tenían por bien que entrasen los dichos religiosos en sus tierras a dalles noticia de un solo Dios, que era Dios y Señor verdadero de todo el mundo. Entraron en consejo e hicieron muchos ayuntamientos, tomadas primero muchas informaciones, qué hombres eran aquellos que se decían padres y frailes, y qué era lo que pretendían, y en qué diferían de los cristianos, de quien tantos agravios e injusticias habían recebido. Finalmente, acordaron de recebirlos con que solos ellos y no españoles allá entrasen. Los religiosos se lo prometieron, porque así lo llevaban concedido por el visorrey de la Nueva España [102], y cometido que les prometiesen que no entrarían más allí españoles, sino religiosos, ni les sería hecho por los cristianos algún agravio. Predicáronle el evangelio de Cristo como suelen, y la intinción sancta de los reyes de España para con ellos. Y tanto amor y sabor tomaron con la doctrina y ejemplo de los frailes, y tanto se holgaron de las nuevas de los reyes de Castilla (de los cuales en todos los siete años pasados, nunca los españoles les dieron noticia que había otro rey sino aquél que allí los tiranizaba y destruía), que a cabo de cuarenta días que los frailes habían entrado y predicado, los señores de la tierra les trujeron y entregaron todos sus ídolos que los quemasen, y después desto sus hijos para que los enseñasen, que los quieren más que la lumbre de sus ojos, y les hicieron iglesias y templos y casas, y los convidaban de otras provincias a que fuesen a predicalles y dalles noticia de Dios y de aquel que decían que era gran rey de Castilla. Y persuadidos de los frailes, hicieron una cosa que nunca en las Indias

---

[102] Antonio de Mendoza. Llegó a México a fines de 1535, lo que hace suponer que la tentativa de los franciscanos no empezó en 1534 como lo cree Las Casas.

hasta hoy se hizo; y todas las que se fingen por algunos de los tiranos que allá han destruido aquellos reinos y grandes tierras son falsesdad y mentira. Doce o quince señores de muchos vasallos y tierras, cada uno por sí juntando sus pueblos y tomando sus votos y consentimiento, se subjectaron de su propia voluntad al señorío de los reyes de Castilla, recibiendo al Emperador como rey de España por señor supremo y universal; e hicieron ciertas señales como firmas, las cuales tengo en mi poder con el testimonio de los dichos frailes.

Estando en este aprovechamiento de la fe, y con grandísima alegría y esperanza los frailes de traer a Jesucristo todas las gentes de aquel reino, que de las muertes y guerras injustas pasadas habían quedado, que aún no eran pocas, entraron por cierta parte diez y ocho españoles tiranos de caballo, y doce de pie, que eran treinta, y traen muchas cargas de ídolos tomados de otras provincias a los indios. Y el capitán de los dichos treinta españoles llama a un señor de la tierra por donde entraban, y dícele que tomase de aquellas cargas de ídolos y los repartiese por toda su tierra, vendiendo cada ídolo por un indio o india para hacello esclavo, amenazándolo que si no lo hacía, que le había de hacer guerra. El dicho señor, por temor forzado, destribuyó los ídolos por toda su tierra, y mandó a todos sus vasallos que los tomasen para adorallos, y le diesen indios e indias para dar a los españoles para hacer esclavos. Los indios, de miedo, quien tenía dos hijos daba uno, y quien tres daba dos, y por esta manera complían con aquel tan sacrílego comercio, y el señor o cacique contentaba los españoles, si fueran cristianos.

Uno destos ladrones impíos infernales llamado Juan García, estando enfermo y propinco a la muerte, tenía debajo de su cama dos cargas de ídolos, y mandaba a una india que le servía que mirase bien que aquellos ídolos que allí estaban no les diese a trueque de gallinas, porque eran muy buenos, sino cada uno por un esclavo. Y finalmente, con este testamento y en este cuidado ocupado, murió el desdichado, ¿y quién duda que no esté en los infiernos sepultado?

Véase y considérese agora aquí cuál es el aprovechamiento y religión y ejemplos de cristiandad de los españoles que van a las Indias, qué honra procuran a Dios, cómo trabajan que sea conocido y adorado de aquellas gentes, qué cuidado tienen de que por aquellas ánimas se siembre y crezca y dilate su sancta fe, y júzguese si fue menor pecado éste que el de Jeroboán, *qui peccare fecit Israel* [103], haciendo los dos becerros de oro para que el pueblo adorase, o si fue igual al de Judas, o que más escándalo causase. Estas, pues, son las obras de los españoles que van a las Indias, que verdaderamente muchas e infinitas veces, por la cudicia que tienen de oro, han vendido y venden hoy en este día y niegan y reniegan a Jesucristo.

Visto por los indios que no había salido verdad lo que los religiosos les habían prometido (que no habían de entrar españoles, y que los mesmos españoles les traían ídolos de otras tierras a vender, habiendo ellos entregado todos sus dioses a los frailes para que los quemasen por adorar un verdadero Dios), alborótase e indígnase toda la tierra contra los frailes, y vanse a ellos diciendo: «¿Por qué nos habéis mentido, engañándonos que no habían de entrar en esta tierra cristianos? ¿Y por qué nos habéis quemado nuestros dioses, pues nos traen a vender otros dioses de otras provincias vuestros cristianos? ¿Por ventura no eran mejores nuestros dioses que los de las otras naciones?» Los religiosos los aplacaron lo mejor que pudieron, no teniendo qué responder. Vanse a buscar los treinta españoles, y dícenles los daños que habían hecho. Requiérenles que se vayan; no quisieron, antes hicieron entender a los indios que los mesmos frailes los habían hecho venir allí, que fue malicia consumada. Finalmente, acuerdan de matar los indios los frailes; huyen los frailes una noche, por ciertos indios

---

[103] que hizo pecar a Israel.

que los avisaron, y después de idos, cayendo los indios en la inocencia y virtud de los frailes y maldad de los españoles, enviaron mensajeros cincuenta leguas tras ellos, rogándoles que se tornasen y pidiéndoles perdón de la alteración que les causaron. Los religiosos, como siervos de Dios y celosos de aquellas ánimas, creyéndoles, tornáronse a la tierra y fueron recebidos como ángeles, haciéndoles los indios mil servicios, y estuvieron cuatro o cinco meses después. Y porque nunca aquellos cristianos quisieron irse de la tierra, ni pudo el visorrey con cuanto hizo sacallos, porque está lejos de la Nueva España (aunque los hizo apregonar por traidores), y porque no cesaban de hacer sus acostumbrados insultos y agravios a los indios, pareciendo a los religiosos que tarde que temprano con tan malas obras los indios se resabiarían y que quizá caerían sobre ellos, especialmente que no podían predicar a los indios con quietud dellos y suya, y sin continuos sobresaltos por las obras malas de los españoles, acordaron de desmamparar aquel reino, y así quedó sin lumbre y socorro de doctrina, y aquellas ánimas en la escuridad de ignorancia y miseria que estaban, quitándoles al mejor tiempo el remedio y regadío de la noticia y conocimiento de Dios que iban ya tomando avidísimamente, como si quitásemos el agua a las plantas recién puestas de pocos días. Y esto por la inexplicable culpa y maldad consumada de aquellos españoles.

De la provincia de Sancta Marta

La provincia de Sancta Marta [104] era tierra donde los indios tenían muy mucho oro, porque la tierra es rica y las comarcas, y tenían industria de cogello. Y por esta causa, desde el año de mil y cuatrocientos y noventa y ocho hasta hoy, año de mil y quinientos y cuarenta y dos, otra cosa no han hecho infinitos tiranos españoles [105] sino ir a ella con navíos y saltear y matar y robar aquellas gentes por roballes el oro que tenían, y tornábanse en los navíos que iban en diversas y muchas veces, en las cuales hicieron grandes estragos y matanzas y señaladas crueldades, y esto comúnmente a la costa de la mar y algunas leguas la tierra dentro, hasta el año de mil y quinientos y veinte y tres. El año de mil y quinientos y veinte y tres fueron tiranos españoles a estar de asiento allá. Y porque la tierra, como dicho es, era rica, sucedieron diversos capitanes, unos más crueles que otros, que cada uno parecía que tenía hecha profesión de hacer más exorbitantes crueldades y maldades que el otro, porque saliese verdad la regla que arriba posimos. El año de mil y quinientos y veinte y nueve fue un gran tirano muy de propósito y con mucha gente, sin temor alguno de Dios ni compasión de humano linaje, el cual hizo con ella tan grandes estragos, matanzas e impiedades, que a todos los pasados excedió. Robó él y ellos

---

[104] Situada entre el golfo de Urabá o de Darién y el de Venezuela.
[105] Hojeda, Nicuesa, Balboa, Pedrarias, y más tarde García de Lerma, Pedro Fernández de Lugo y Alonso Luis de Lugo, etc.

muchos tesoros en obra de seis o siete años que vivió. Después de muerto sin confesión, y aun huyendo de la residencia que tenía, sucedieron otros tiranos matadores y robadores, que fueron a consumir las gentes que de las manos y cruel cuchillo de los pasados restaban. Estendiéronse tanto por la tierra dentro, vastando [106] y asolando grandes y muchas provincias, matando y captivando las gentes dellas, por las maneras susodichas de las otras, dando grandes tormentos a señores y a vasallos, porque descubriesen el oro y los pueblos que lo tenían, excediendo como es dicho en las obras y número y calidad a todos los pasados; tanto que desde el año dicho de mil y quinientos y veinte y nueve hasta hoy, han despoblado por aquella parte más de cuatrocientas leguas de tierra que estaba así poblada como las otras.

Verdaderamente afirmo que si en particular hobiera de referir las maldades, matanzas, despoblaciones, injusticias, violencias, estragos y grandes pecados que los españoles en estos reinos de Sancta Marta han hecho y cometido contra Dios y contra el rey, y aquellas inocentes naciones, yo haría una muy larga historia; pero esto quedarse ha para su tiempo si Dios diere la vida [107]. Sólo quiero aquí decir unas pocas de palabras de las que escribe agora al rey nuestro señor el obispo de aquella provincia [108], y es la hecha de la carta a veinte de mayo del año de mil y quinientos y cuarenta y uno, el cual entre otras palabras dice así:

«Digo, sagrado César, que el medio para remediar esta tierra es que Vuestra Majestad la saque ya de poder de padrastros y le dé marido que la tracte como es razón y ella merece, y éste, con toda brevedad; porque de otra manera, según la aquejan y fatigan estos tiranos que

---

[106] Talando, destruyendo (voz anticuada).
[107] Alude aquí Las Casas a su *Historia de las Indias*, que después tuvo que reducir a las tres primeras décadas.
[108] Fray Juan Fernández de Angulo.

tienen encargamiento della, tengo por cierto que muy aína dejará de ser, etc.» Y más abajo dice: «Donde conocerá Vuestra Majestad claramente cómo los que gobiernan por estas partes merecen ser desgobernados para que las repúblicas se aliviasen. Y si esto no se hace, a mi ver no tienen cura sus enfermedades. Y conocerá también cómo en estas partes no hay cristianos, sino demonios, no hay servidores de Dios ni de rey, sino traidores a su ley y a su rey. Porque es verdad quel mayor inconveniente que yo hallo para traer los indios de guerra y hacellos de paz, y a los de paz al conocimiento de nuestra fe, es el áspero y cruel tractamiento que los de paz reciben de los cristianos. Por lo cual están tan escabrosos y tan avispados, que ninguna cosa les puede ser más odiosa ni aborrecible que el nombre de cristianos, a los cuales ellos en toda esta tierra llaman en su lengua *yares*, que quiere decir demonios; y sin duda ellos tienen razón, porque las obras que acá obran, ni son de cristianos ni de hombres que tienen uso de razón, sino de demonios, de donde nace que como los indios veen este obrar mal y tan sin piedad generalmente, así en las cabezas como en los miembros, piensan que los cristianos lo tienen por ley, y es autor dello su Dios y su rey. Y trabajar de persuadirles otra cosa es querer agotar la mar y darles materia de reír, y hacer burla y escarnio de Jesucristo y su ley. Y como los indios de guerra vean este tratamiento que se hace a los de paz, tienen por mejor morir de una vez que no de muchas en poder de españoles. Sélo esto, invictísimo César, por experiencia, etc.» Dice más abajo en un capítulo: «Vuestra Majestad tiene más servidores por acá de los que piensa, porque no hay soldado de cuantos acá están que no ose decir públicamente que si saltea o roba, o destruye, o mata, o quema los vasallos de Vuestra Majestad porque le den oro, sirve a Vuestra Majestad, a título que diz que de allí le viene su parte a Vuestra Majestad. Y por tanto sería bien, cristianísimo César, que Vuestra Majestad diese a entender, castigando algunos rigurosa-

135

mente, que no recibe servicio en cosa que Dios es deservido.»

Todas las susodichas son formales palabras del dicho obispo de Sancta Marta, por las cuales se verá claramente lo que hoy se hace en todas aquellas desdichadas tierras y contra aquellas inocentes gentes. Llama indios de guerra los que están y se han podido salvar, huyendo de las matanzas de los infelices españoles por los montes. Y los de paz llama los que, después de muertas infinitas gentes, ponen en la tiránica y horrible servidumbre arriba dicha, donde al cabo los acaban de asolar y matar, como parece por las dichas palabras del obispo; y en verdad que explica harto poco lo que aquéllos padecen.

Suelen decir los indios en aquella tierra, cuando los fatigan llevándolos con cargas por las sierras, si caen y desmayan de flaqueza y trabajo, porque allí les dan de coces y palos, y les quiebran los dientes con los pomos de las espadas porque se levanten y anden sin resollar: «Anda, que sois malos, no puedo más, mátame aquí, que aquí quiero quedar muerto.» Y esto dícenlo con grandes sospiros y apretamiento del pecho, mostrando grande angustia y dolor. ¡Oh, quién pudiese dar a entender de cient partes una de las afliciones y calamidades que aquellas inocentes gentes por los infelices españoles padecen! Dios sea aquél que lo dé a entender a los que lo pueden y deben remediar.

De la provincia de Cartagena

Esta provincia de Cartagena está más abajo cincuenta leguas de la de Sancta Marta, hacia el poniente, y junto con ella la del Cenú hasta el golfo de Urabá, que ternán sus cient lenguas de costa de mar, y mucha tierra la tierra dentro hacia el mediodía. Estas provincias han sido tractadas, angustiadas, muertas, despobladas y asoladas, desde el año de mil y cuatrocientos y noventa y ocho o nueve hasta hoy, como las de Sancta Marta, y hechas en ellas muy señaladas crueldades y muertes y robos por los españoles [109], que por acabar presto esta breve suma no quiero decir en particular, y por referir las maldades que en otras agora se hacen.

---

[109] Juan de la Cosa, Cristóbal Guerra, Hojeda, Nicuesa...: véase la *Historia*, lib. II, caps. 57 y siguientes.

De la costa de las perlas y de Paria y la isla de la Trinidad

Desde la costa de Paria [110] hasta el golfo de Venezuela exclusive, que habrá doscientas leguas, han sido grandes y señaladas las destruiciones que los españoles han hecho en aquellas gentes, salteándolos y tomándolos los más que podían a vida para vendellos por esclavos, muchas veces, tomándolos sobre seguro y amistad que los españoles habían con ellos tratado, no guardándoles fe ni verdad, recibiéndolos en sus casas como a padres y a hijos, dándoles y sirviéndoles con cuanto tenían y podían. No se podrían cierto fácilmente decir ni encarecer particularizadamente cuáles y cuántas han sido las injusticias, injurias, agravios y desafueros que las gentes de aquella costa, de los españoles han recebido, desde el año de mil y quinientos y diez hasta hoy. Dos o tres quiero decir solamente, por las cuales se juzguen otras innumerables en número y fealdad, que fueron dignas de todo tormento y fuego.

En la isla de la Trinidad, que es mucho mayor que Sicilia y más felice, questá pegada con la Tierra Firme por la parte de Paria, y que la gente della es de la buena y virtuosa en su género que hay en todas las Indias, yendo a ella un salteador el año de mil y quinientos y diez y seis con otros sesenta o setenta acostumbrados ladrones [111], publicaron a los indios que se venían a morar

---

[110] Al oeste de la isla de la Trinidad.
[111] Juan Bono: extenso relato en la *Historia*, lib. III, cap. 91.

y vivir a aquella isla con ellos. Los indios recibiéronlos como si fueran sus entrañas y sus hijos, sirviéndoles señores y súbditos con grandísima afección y alegría, trayéndoles cada día de comer tanto que les sobraba para que comieran otros tantos. Porque ésta es común condición y liberalidad de todos los indios de aquel Nuevo Mundo: dar excesivamente lo que han menester los españoles y cuanto tienen. Hácenles una gran casa de madera en que morasen todos, porque así la quisieron los españoles, que fuese una no más, para hacer lo que pretendían hacer e hicieron. Al tiempo que ponían la paja sobre las varas o madera y habían cobrido obra de dos estados, porque los de dentro no viesen a los de fuera, so color de dar priesa a que se acabase la casa, metieron mucha gente dentro della, y repartiéronse los españoles, algunos fuera al derredor de la casa con sus armas, para los que se saliesen, y otros dentro. Los cuales echan mano a las espadas y comienzan amenazar los indios desnudos que no se moviesen, si no que los matarían; y comenzaron a atar, y otros que saltaron para huir hicieron pedazos con las espadas. Algunos que salieron heridos y sanos, y otros del pueblo que no habían entrado, tomaron sus arcos y flechas, y recógense a otra casa del pueblo para se defender, donde entraron ciento o doscientos dellos, y defendiendo la puerta, pegan los españoles fuego a la casa y quémanlos todos vivos. Y con su presa, que sería de ciento y ochenta o doscientos hombres que pudieron atar, vanse a su navío y alzan las velas, y van a la isla de San Juan, donde venden la mitad por esclavos, y después a la Española, donde vendieron la otra. Reprehendiendo yo al capitán desta tan insigne traición y maldad, a la sazón en la mesma isla de Sant Juan [112], me respondió: «Anda, señor, que así me lo mandaron y me lo dieron por instrución los que

---

[112] Pasó Las Casas por Puerto-Rico cuando su breve viaje a las Indias (1516-1517) con los gobernadores jerónimos nombrados por Cisneros.

139

me enviaron, que cuando no pudiese tomarlos por guerra, que los tomase por paz.» Y en verdad que me dijo que en toda su vida había hallado padre ni madre sino en la isla de la Trinidad, según las buenas obras que los indios le habían hecho. Esto dijo para mayor confusión suya y agravamiento de sus pecados. Déstas han hecho en aquella Tierra Firme infinitas, tomándolos y captivándolos sobre seguro. Véase qué obras son éstas, y si aquellos indios ansí tomados si serán justamente hechos esclavos.

Otra vez, acordando los frailes de Sancto Domingo, nuestra orden, de ir a predicar y convertir aquellas gentes que carecían de remedio y lumbre de doctrina para salvar sus ánimas, como lo están hoy las Indias, enviaron un religioso presentado en teología, de gran virtud y sanctidad, con un fraile lego su compañero, para que viese la tierra y tractase la gente, y buscase lugar apto para hacer monasterios[113]. Llegados los religiosos, recibiéronlos los indios como a ángeles del cielo y óyenlos con gran afección y atención y alegría las palabras que pudieron entonces darles a entender, más por señas que por habla, porque no sabían la lengua. Acaeció venir por allí un navío, después de ido el que allí los dejó. Y los españoles dél, traen por engaño, sin saberlo los religiosos, al señor de aquella tierra, que se llamaba don Alonso, o que los frailes le habían puesto este nombre, u otros españoles, porque los indios son amigos y cudiciosos de tener nombre de cristiano, y luego lo piden que se lo den, aun antes que sepan nada para ser baptizados. Así que engañan al dicho don Alonso para que entrase en el navío con su mujer y otras ciertas personas, y que les harían allá fiesta. Finalmente, que entraron diez y siete personas con el señor y su mujer, con confianza que los religiosos estaban en su tierra, y que los españoles por ellos no harían alguna maldad, porque

---

[113] Fray Francisco de Córdoba (presentado) y fray Juan Garcés (lego). Más detalles en la *Historia*, lib. III, caps. 33 y 34.

de otra manera no se fiaran dellos. Entrados los indios en el navío, alzan las velas los traidores y viénense a la isla Española, y véndenlos por esclavos. Toda la tierra, como ven su señor y señora llevados, vienen a los frailes y quiérenlos matar. Los frailes, viendo tan gran maldad, queríanse morir de angustia, y es de creer que dieran antes sus vidas que fuera tal injusticia hecha, especialmente porque era poner impedimento a que nunca aquellas ánimas pudiesen oír ni creer la palabra de Dios. Apacigúaronlos lo mejor que pudieron, y dijéronles que con el primer navío que por allí pasase escribirían a la isla Española, y que harían que les tornasen su señor y los demás que con él estaban. Trujo Dios por allí luego un navío para más confirmación de la dannación de los que gobernaban, y escribieron a los religiosos de la Española. En él claman, protestan una y muchas veces; nunca quisieron los oidores hacerles justicia, porque entre ellos mesmos estaban repartidos parte de los indios que ansí, tan injusta y malamente, habían prendido los tiranos. Los dos religiosos, que habían prometido a los indios de la tierra que dentro de cuatro meses vernía su señor don Alonso con los demás, viendo que ni en cuatro ni en ocho vinieron, aparejáronse para morir y dar la vida a quien la habían ya antes que partiesen ofrecido. Y así los indios tomaron venganza dellos justamente matándolos, aunque inocentes, porque estimaron que ellos habían sido causa de aquella traición, y porque vieron que no salió verdad lo que dentro de los cuatro meses les certificaron y prometieron, y porque hasta entonces, ni aun hasta agora, no supieron ni saben hoy que haya diferencia de los frailes a los tiranos y ladrones y salteadores españoles por toda aquella tierra. Los bienaventurados frailes padecieron injustamente, por la cual injusticia ninguna duda hay que, según nuestra fe sancta, sean verdaderos mártires y reinen hoy con Dios en los cielos, bienaventurados, como quiera que allí fuesen enviados por la obediencia, y llevasen intención de predicar y dilatar la sancta fe y salvar todas aquellas ánimas, y padecer cualesquiera trabajos y muerte que se les ofreciese por Jesucristo crucificado.

Otra vez, por las grandes tiranías y obras nefandas de los cristianos malos, mataron los indios otros dos frailes de Sancto Domingo y uno de Sant Francisco, de que yo soy testigo, porque me escapé de la mesma muerte por milagro divino[114], donde había harto que decir para espantar los hombres, según la gravedad y horribilidad del caso. Pero por ser largo, no lo quiero aquí decir hasta su tiempo, y el día del Juicio será más claro, cuando Dios tomare venganza de tan horribles y abominables insultos como hacen en las Indias los que tienen nombre de cristianos.

Otra vez, en estas provincias, al cabo que dicen de la Codera, estaba un pueblo cuyo señor se llamaba Higueroto[115], nombre propio de la persona o común de los señores dél. Este era tan bueno y su gente tan virtuosa que cuantos españoles por allí en los navíos venían hallaban reparo, comida, descanso y todo consuelo y refrigerio, y muchos libró de la muerte que venían huyendo de otras provincias, donde habían salteado y hecho muchas tiranías y males, muertos de hambre, que los reparaba y enviaba salvos a la isla de las Perlas[116], donde había población de cristianos, que los pudiera matar sin que nadie los supiera, y no lo hizo. Y finalmente, llamaban todos los cristianos a aquel pueblo de Higueroto el mesón y casa de todos. Un malaventurado tirano acordó de hacer allí salto, como estaban aquellas gentes tan seguras. Y fue allí con un navío, y convidó a mucha gente que entrase en el navío, como solía entrar y fiarse en los otros. Entrados muchos hombres y mujeres y niños, alzó las velas y vínose a la isla de Sant Juan, donde los vendió todos por esclavos. Y yo llegué

---

[114] Trátase de su malogrado intento de colonización pacífica en Cumaná (enero 1522). Lo cuenta Las Casas en la *Historia*, lib. III, cap. 159.

[115] Véase la *Historia*, lib. III, cap. 166.

[116] Cubagua, cercana a la isla Margarita.

entonces a la dicha isla y vide al dicho tirano, y supe allí lo que había hecho. Dejó destruido todo aquel pueblo, y a todos los tiranos españoles que por aquella costa robaban y salteaban, les pesó y abominaron este tan espantoso hecho, por perder el abrigo y mesón que allí tenían como si estuvieran en sus casas.

Digo que dejo de decir inmensas maldades y casos espantosos que desta manera por aquellas tierras se han hecho, y hoy en este día se hacen.

Han traído a la isla Española y a la de Sant Juan, de toda aquella costa, que estaba poblatísima, más de dos cuentos de ánimas salteadas, que todas también las han muerto en las dichas islas y echándolos a las minas y en los otros trabajos, allende de las multitúdines que en ellas, como arriba decimos, había. Y es una gran lástima y quebrantamiento de corazón de ver aquella costa de tierra felicísima toda desierta y despoblada.

Es ésta averiguada verdad, que nunca traen navío cargado de indios, así robados y salteados, como he dicho, que no echan a la mar muertos la tercia parte de los que meten dentro, con los que matan por tomallos en sus tierras. Las causa es porque, como para conseguir su fin es menester mucha gente para sacar más dineros por más esclavos, y no llevan comida ni agua sino poca, por no gastar los tiranos que se llaman armadores, no basta apenas sino poco más de para los españoles que van en el navío para saltear, y así falta para los tristes, por lo cual mueren de hambre y de sed, y el remedio es dar con ellos en la mar. Y en verdad que me dijo hombre dellos que desde las islas de los Lucayos, donde se hicieron grandes estragos desta manera, hasta la isla Española, que son sesenta o setenta leguas, fuera un navío sin aguja y sin carta de marear, guiándose solamente por el rastro de los indios que quedaban en la mar, echados del navío muertos[117].

---

[117] Así en la *Historia*, lib. II, cap. 44, y ya en el *memorial* dominicano de 1519.

Después, desque los desembarcan en la isla donde los llevan a vender, es para quebrar el corazón de cualquiera que alguna señal de piedad tuviere, verlos desnudos y hambrientos, que se caían de desmayados de hambre niños y viejos, hombres y mujeres. Después, como a unos corderos los apartan padres de hijos y mujeres de maridos, haciendo manadas dellos de a diez y de a veinte personas, y echan suertes sobrellos, para que lleven sus partes los infelices armadores, que son los que ponen su parte de dineros para hacer el armada de dos y de tres navíos, y para los tiranos salteadores que van a tomallos y saltea-llos en sus casas. Y cuando cae la suerte en la manada donde hay algún viejo o enfermo, dice el tirano a quien cabe: «Este viejo, daldo al diablo. ¿Para qué me lo dais, para que lo entierre? Este enfermo ¿para qué lo tengo de llevar, para curallo [118]?» Véase aquí en qué estiman los españoles a los indios, y si cumplen el precepto divino del amor del prójimo, donde pende la Ley y los Profetas.

La tiranía que los españoles ejercitan contra los indios en el sacar o pescar de las perlas es una de las crueles y condenadas cosas que pueden ser en el mundo. No hay vida infernal y desesperada en este siglo que se le pueda comparar, aunque la de sacar el oro en las minas sea en su género grandísima y pésima. Métenlos en la mar en tres y en cuatro y cinco brazas de hondo desde la mañana hasta que se pone el sol. Están siempre debajo del agua nadando, sin resuello, arrancando las ostras donde se crían las perlas. Salen con una redecillas llenas dellas a lo alto a resollar, donde está un verdugo español en una canoa o barquillo, y si se tardan en descansar les da de puñadas y por los cabellos los echa al agua para que tornen a pescar. La comida es pescado, y del pescado que tienen las perlas, y pan cazabi, y algunos maíz (que son los panes de allá), el uno de muy poca sustancia y el otro muy trabajoso de hacer, de los cuales nunca se hartan. Las camas que les dan a la noche es echallos en

---

[118] Véase la *Historia*, lib. II, cap. 43, donde se refiere la misma escena.

un cepo en el suelo, porque no se les vayan. Muchas veces, zabúllense en la mar a su pesquería o ejercicio de las perlas, y nunca tornan a salir (porque los tiburones y marrajos, que son dos especies de bestias marinas crudelísimas que tragan un hombre entero, los comen y matan). Véase aquí si guardan los españoles que en esta granjería de perlas andan desta manera, los preceptos divinos del amor de Dios y del prójimo, poniendo en peligro de muerte temporal y también del ánima, porque mueren sin fe y sin sacramentos, a sus prójimos por su propia cudicia. Y lo otro, dándoles tan horrible vida hasta que los acaban y consumen en breves días. Porque vivir los hombres debajo del agua sin resuello es imposible mucho tiempo, señaladamente que la frialdad continua del agua los penetra, y así todos comúnmente mueren de echar sangre por la boca, por el apretamiento del pecho que hacen por causa de estar tanto tiempo y tan continuo sin resuello, y de cámaras que causa la frialdad. Conviértense los cabellos, siendo ellos de su natura negros, quemados como pelo de hombres marinos, y sáleles por las espaldas salitres, que no parecen sino monstruos en naturaleza de hombres, o de otra especie. En este incomportable trabajo, o por mejor decir ejercicio del infierno, acabaron de consumir a todos los indios lucayos que había en la isla cuando cayeron los españoles en esta granjería. Y valía cada uno cincuenta o cient castellanos, y los vendían públicamente, aun habiendo sido prohibido por las justicias mesmas, aunque injustas por otra parte, porque los lucayos eran grandes nadadores. Han muerto también allí otros muchos sin número de otras provincias y partes.

Del río Yuyapari

Por la provincia de Paria sube un río que se llama Yuyapari[119], más de doscientas leguas la tierra arriba. Por él
subió un triste tirano muchas leguas el año de mil y quinientos y veinte y nueve con cuatrocientos o más hombres,
e hizo matanzas grandísimas, quemando vivos y metiendo a espada infinitos inocentes que estaban en sus tierras
y casas sin hacer mal a nadie, descuidados, y dejó abra-
sada y asombrada y ahuyentada muy gran cantidad de
tierra. Y en fin, él murió mala muerte y desbaratóse su
armada. Y después, otros tiranos sucedieron en aquellos
males y tiranías, y hoy andan por allí destruyendo y matando e infernando las ánimas que el Hijo de Dios
redimió con su sangre.

---

[119] No figura con este nombre en los mapas actuales.

Del reino de Venezuela

En el año de mil y quinientos y veinte y seis, con enga-
ños y persuaciones dañosas que se hicieron al rey nuestro señor, como siempre se ha trabajado de le encubrir
la verdad de los daños y perdiciones que Dios y las ánimas y su estado recebían en aquellas Indias, dio y con-
cedió un gran reino, mucho mayor que toda España, que
es el de Venezuela, con la gobernación y jurisdición total,
a los mercaderes de Alemaña, con cierta capitulación y
concierto o asiento que con ellos se hizo [120]. Estos, entrados con trescientos hombres o más en aquellas tierras,
hallaron aquellas gentes mansísimas ovejas, como y
mucho más que los otros las suelen hallar en todas las
partes de las Indias antes que les hagan daños los españoles. Entraron en ellas, más pienso sin comparación
cruelmente que ningunos de los otros tiranos que hemos
dicho, y más irracional y furiosamente que crudelísimos tigres y que rabiosos lobos y leones. Porque con
mayor ansia y ceguedad rabiosa de avaricia, y más exquisitas maneras e industrias para haber y robar plata
y oro que todos los de antes, pospuesto todo temor a
Dios y al rey y vergüenza de las gentes, olvidados que
eran hombres mortales, como más libertados, poseyen-
do toda la jurisdición de la tierra, tuvieron.

Han asolado, destruido y despoblado estos demonios
encarnados más de cuatrocientas leguas de tierras felicísimas, y en ellas grandes y admirables provincias, valles

---

[120] Pacto con los Welser, banqueros alemanes (1528).

147

de cuarenta leguas, regiones amenísimas, poblaciones muy grandes riquísimas de gentes y oro. Han muerto y despedazado totalmente grandes y diversas naciones, muchas lenguas, que no han dejado persona que las hable, si no son algunos que se habrán metido en las cavernas y entrañas de la tierra, huyendo de tan extraño y pestilencial cuchillo. Más han muerto y destruido y echado a los infiernos de aquellas inocentes generaciones, por estrañas y varias y nuevas maneras de cruel iniquidad e impiedad (a lo que creo) de cuatro y cinco cuentos de ánimas; y hoy en este día no cesan actualmente de las echar. De infinitas e inmensas injusticias, insultos y estragos que han hecho y hoy hacen, quiero decir tres o cuatro no más, por los cuales se podrán juzgar lo que, para efectuar las grandes destruiciones y despoblaciones que arriba decimos, pueden haber hecho.

Prendieron al señor supremo de toda aquella provincia sin causa ninguna, más de por sacalle oro dándole tormentos. Soltóse y huyó, y fuése a los montes y alborotóse, y amedrentóse toda la gente de la tierra, escondiéndose por los montes y breñas. Hacen entradas los españoles contra ellos para irlos a buscar; hállanlos; hacen crueles matanzas, y todos los que toman a vida véndenlos en públicas almonedas por esclavos. En muchas provincias y en todas dondequiera que llegaban, antes que prendiesen al universal señor, los salían a recebir con cantares y bailes, y con muchos presentes de oro en gran cantidad. El pago que les daban, por sembrar su temor en toda aquella tierra, hacíanlos meter a espada y hacellos pedazos. Una vez, saliéndoles a recebir de la manera dicha, hace el capitán alemán tirano [121] meter en una gran casa de paja mucha cantidad de gente y hácelos hacer pedazos. Y porque la casa tenía unas vigas en lo alto, subiéronse en ellas mucha gente huyendo de las sangrientas manos de aquellos hombres o bestias sin piedad, y de sus

---

[121] Principales capitanes o gobernadores alemanes en Venezuela: Ambrosio Alfinger, Jorge Spira (Spier) y Nicolás Federmann.

espadas. Mandó el infernal hombre pegar fuego a la casa, donde todos los que quedaron fueron quemados vivos. Despoblóse por esta causa gran número de pueblos, huyéndose toda la gente por las montañas, donde pensaban salvarse.

Llegaron a otra grande provincia, en los confines de la provincia y reino de Santa Marta. Hallaron los indios en sus casas, en sus pueblos y haciendas, pacíficos y ocupados. Estuvieron mucho tiempo con ellos comiéndoles sus haciendas, y los indios sirviéndoles como si las vidas y salvación les hobieran de dar, y sufriéndoles sus continuas opresiones e importunidades ordinarias, que son intolerables, y que come más un tragón de un español en un día que bastaría para un mes en una casa donde haya diez personas de indios. Diéronles en este tiempo mucha suma de oro de su propia voluntad, con otras innumerables buenas obras que les hicieron. Al cabo que ya se quisieron los tiranos ir, acordaron de pagarles las posadas por esta manera. Mandó el tirano alemán gobernador (y también, a lo que creemos, hereje, porque no oía misa ni la dejaba de oír a muchos, con otros indicios de luterano que se le conocieron) que prendiesen a todos los indios con sus mujeres e hijos que pudieron, y métenlos en un corral grande o cerca de palos que para ello se hizo. E hízoles saber que el que quisiese salir y ser libre, que se había de rescatar de voluntad del inicuo gobernador, dando tanto oro por sí y tanto por su mujer y por cada hijo. Y por más los apretar, mandó que no les metiesen alguna comida hasta que le trujesen el oro que les pedía por su rescate. Enviaron muchos a sus casas por oro y rescatábanse según podían; soltábanlos e íbanse a sus labranzas y casa a hacer su comida; enviaba el tirano ciertos ladrones salteadores españoles que tornasen a prender los tristes indios rescatados una vez; traíanlos al corral, dábanles el tormento de la hambre y sed hasta que otra vez se rescatasen. Hobo déstos muchos que dos o tres veces fueron presos y rescatados; otros que no podían ni tenían tanto, porque lo habían dado todo el oro que poseían, los dejó en el corral perecer hasta que murieron de hambre.

Desta hecha [122] dejó perdida y asolada y despoblada una provincia riquísima de gente y oro, que tiene un valle de cuarenta leguas, y en ella quemó pueblo que tenía mil casas.

Acordó este tirano infernal de ir la tierra adentro, con cudicia y ansia de descubrir por aquella parte el infierno del Perú. Para este infelice viaje llevó él y los demás infinitos indios cargados con cargas de tres o cuatro arrobas, ensartados en cadenas. Cansábase alguno o desmayaba de hambre y del trabajo y flaqueza. Cortábanle luego la cabeza por la collera de la cadena, por no pararse a desensartar los otros que iban en las colleras de más afuera, y caía la cabeza a una parte y el cuerpo a otra, y repartían la carga de éste sobre las que llevaban los otros. Decir las provincias que asoló, las ciudades y lugares que quemó, porque son todas las casas de paja, las gentes que mató, las crueldades que en particulares matanzas que hizo perpetró en este camino, no es cosa creíble, pero espantable y verdadera. Fueron por allí después por aquellos caminos otros tiranos que sucedieron de la mesma Venezuela, y otros de la provincia de Sancta Marta, con la mesma sancta intención de descubrir aquella casa sancta del oro del Perú, y hallaron toda la tierra más de doscientas leguas tan quemada y despoblada y desierta, siendo poblatísima y felicísima como es dicho, que ellos mesmos, aunque tiranos y crueles, se admiraron y espantaron de ver el rastro por donde aquél había ido, de tan lamentable perdición.

Todas estas cosas están probadas con muchos testigos por el fiscal del Consejo de las Indias, y la probanza está en el mesmo Consejo, y nunca quemaron vivos a ningunos destos tan nefandos tiranos. Y no es nada lo que está probado con los grandes estragos y males que aquéllos han hecho, porque todos los ministros de la

---

[122] Hecho o acción (voz anticuada).

justicia que hasta hoy han tenido en las Indias, por su grande y mortífera ceguedad, no se han ocupado en examinar los delictos y perdiciones y matanzas que han hecho y hoy hacen los tiranos de las Indias, sino en cuanto dicen que por haber fulano y fulano hecho crueldades a los indios, ha perdido el rey de sus rentas tantos mil castellanos; y para argüir esto, poca probanza y harto general y confusa les basta. Y aun esto no saben averiguar, ni hacer, ni encarecer como deben, porque si hiciesen lo que deben a Dios y al rey, hallarían que los dichos tiranos alemanes más han robado al rey de tres millones de castellanos de oro[123]. Porque aquellas provincias de Venezuela, con las que más han estragado, asolado y despoblado más de cuatrocientas leguas (como dije), es la tierra más rica y más próspera de oro y era de población que hay en el mundo. Y más renta le han estorbado y echado a perder que tuvieran los reyes de España de aquel reino, de dos millones, en diez y seis años que ha que los tiranos enemigos de Dios y del rey las comenzaron a destruir. Y estos daños, de aquí a la fin del mundo no hay esperanza de ser recobrados, si no hiciese Dios por milagro resuscitar tantos cuentos de ánimas muertas. Estos son los daños temporales del rey; sería bien considerar qué tales y qué tantos son los daños, deshonras, blasfemias, infamias de Dios y de su Ley, y con qué se recompensarán tan innumerables ánimas como están ardiendo en los infiernos por la cudicia e inhumanidad de aquestos tiranos animales o alemanes.

Con sólo esto quiero su infelicidad y ferocidad concluir: que desde que en la tierra entraron hasta hoy, conviene a saber, estos diez y seis años, han enviado muchos navíos cargados y llenos de indios por la mar a vender a Sancta Marta y a la isla Española y Jamaica y la isla de Sant Juan por esclavos más de un cuento de indios, y hoy en este día los envían, año de mil y quinientos y cuarenta

---

[123] Véanse sobre esta materia las severas reconvenciones de Las Casas en su carta al Consejo de Indias de 1531.

y dos, viendo y disimulando el Audiencia Real de la isla Española, antes favoreciéndolo como todas las otras tiranías y perdiciones (que se han hecho en toda aquella costa de Tierra Firme, que son más de cuatrocientas leguas que han estado y hoy están éstas de Venezuela y Sancta Marta debajo de su jurisdicción) que pudieran estorbar y remediar. Todos estos indios no ha habido más causa para los hacer esclavos de sola la perversa, ciega y obstinada voluntad, por cumplir con su insaciable cudicia de dineros de aquellos avarísimos tiranos, como todos los otros siempre en todas las Indias han hecho, tomando aquellos corderos y ovejas de sus casas y a sus mujeres e hijos por las maneras crueles y nefarias ya dichas, y echalles el hierro del rey para venderlos por esclavos.

De la provincia de la Tierra Firme por la parte que se llama la Florida

A estas provincias han ido tres tiranos en diversos tiempos desde el año de mil y quinientos y diez o de once[124], a hacer las obras que los otros y los dos dellos en las otras partes de las Indias han cometido, por subir a estados desproporcionados de su merecimiento, con la sangre y perdición de aquellos sus prójimos. Y todos tres han muerto mala muerte, con destruición de sus personas y casas que habían edificado de sangre de hombres en otro tiempo pasado, como yo soy testigo de todos tres ellos; y su memoria está ya raída de la haz de la tierra, como si no hobieran por esta vida pasado. Dejaron toda la tierra escandalizada y puesta en la infamia y horror de su nombre, con algunas matanzas que hicieron, pero no muchas, porque los mató Dios antes que más hiciesen, porque les tenía guardado para allí el castigo de los males que yo sé y vide que en otras partes de las Indias habían perpetrado. El cuarto tirano fue agora postreramente, el año de mil y quinientos y treinta y ocho[125], muy de propósito y con mucho aparejo. Ha tres años que no saben dél ni parece: somos cierto que luego en entrando hizo crueldades y luego desapareció, y que si es vivo él y su gente, que en estos tres años ha destruido grandes y muchas gentes si por donde fue las halló, porque es de

---

[124] Ponce de León, Pineda, Narváez (y también Vázquez de Ayllón).
[125] Hernando de Soto. Murió allí en 1543.

los marcados y experimentados y de los que más daños y males y destruiciones de muchas provincias y reinos, con otros sus compañeros, ha hecho. Pero más creemos que le ha dado Dios el fin que a los otros ha dado.

Después de tres o cuatro años de escripto lo susodicho [126], salieron de la dicha tierra Florida el resto de los tiranos que fue con aqueste tirano mayor que muerto dejaron; de los cuales supimos las inauditas crueldades y maldades que allí en vida, principalmente dél, y después de su infelice muerte los inhumanos hombres, en aquellos inocentes y a nadie dañosos indios perpetraron, porque no saliese falso lo que arriba yo había adivinado. Y son tantas, que afirmaron la regla que arriba al principio pusimos: que cuanto más procedían en descubrir y destrozar y perder gentes y tierras, tanto más señaladas crueldades e iniquidades contra Dios y sus prójimos perpetraban. Estamos enhastiados de contar tantas y tan execrables y horribles y sangrientas obras, no de hombres sino de bestias fieras, y por eso no he querido detenerme en contar más de las siguientes.

Hallaron grandes poblaciones de gentes muy bien dispuestas, cuerdas, políticas y bien ordenadas. Hacían en ellos grandes matanzas (como suelen) para entrañar su miedo en los corazones de aquellas gentes. Afligíanlos y matábanlos con echalles cargas como a bestias. Cuando alguno cansaba o desmayaba, por no desensartar de la cadena donde los llevaban en colleras otros que estaban antes de aquél, cortábanle la cabeza por el pescuezo y caía el cuerpo a una parte y la cabeza a otra, como de otras partes arriba contamos.

Entrando en un pueblo donde los recibieron con alegría y les dieron de comer hasta hartar, y más de seiscientos indios para acémilas de sus cargas y servicio de sus caballos, salidos de los tiranos, vuelve un capitán deudo del tirano mayor a robar todo el pueblo, estando seguro,

---

[126] Según parece, Las Casas completó aquí (y más abajo, sobre el Río de la Plata) el texto inicial de la *Brevísima*.

y mató a lanzadas al señor y rey de la tierra e hizo otras crueldades.

En otro pueblo grande, porque les pareció que estaban un poco los vecinos dél más recatados, por las infames y horribles obras que habían oído dellos, metieron a espada y lanza chicos y grandes, niños y viejos, súbditos y señores, que no perdonaron a nadie.

A mucho número de indios, en especial a más de doscientos juntos (según se dice), que enviaron a llamar de cierto pueblo, o ellos vinieron de su voluntad, hizo cortar el tirano mayor desde las narices con los labrios hasta la barba todas las caras, dejándolas rasas. Y así, con aquella lástima y dolor y amargura, corriendo sangre, los enviaron a que llevasen las nuevas de las obras y milagros que hacían aquellos predicadores de la sancta fe católica baptizados. Júzguese agora qué tales estarán aquellas gentes, cuánto amor ternán a los cristianos, y cómo creerán ser el Dios que tienen bueno y justo, y la ley y religión que profesan y de que se jactan, inmaculada. Grandísimas y estrañísimas son las maldades que allí cometieron aquellos infelices hombres, hijos de perdición. Y así, el más infelice capitán murió como malaventurado, sin confesión, y no dudamos sino que fue sepultado en los infiernos, si quizá Dios ocultamente no le proveyó, según su divina misericordia y no según los deméritos dél, por tan execrables maldades.

Del río de la Plata

Desde el año de mil y quinientos y veinte y dos o veinte y tres han ido al Río de la Plata, donde hay grandes reinos y provincias, y de gentes muy dispuestas y razonables, tres o cuatro veces capitanes [127]. En general, sabemos que han hecho muertes y daños; en particular, como está muy a trasmano de lo que más se tracta de las Indias, no sabemos cosas que decir señaladas. Ninguna duda empero tenemos que no hayan hecho y hagan hoy las mesmas obras que en las otras partes se han hecho y hacen. Porque son los mesmos españoles, y entre ellos hay de los que se han hallado en las otras, y porque van a ser ricos y grandes señores como los otros, y esto es imposible que pueda ser, sino con perdición y matanzas y robos y diminución de los indios, según la orden y vía perversas que aquéllos como los otros llevaron.

Después que lo dicho se escribió, supimos muy con verdad que han destruido y despoblado grandes provincias y reinos de aquella tierra, haciendo estrañas matanzas y crueldades en aquellas desventuradas gentes, con las cuales se han señalado como los otros y más que otros, porque han tenido más lugar, por estar más lejos de España, y han vivido más sin orden y justicia, aunque en todas las Indias no la hobo, como parece por todo lo arriba relatado.

---

[127] Después del descubrimiento por Díaz de Solís (1515), expediciones de Sebastián Caboto, Pedro de Mendoza, Martínez de Irala, Juan de Ayolas, Cabeza de Vaca...

Entre otras infinitas se han leído en el Consejo de las Indias las que se dirán abajo. Un tirano gobernador dio mandamiento a cierta gente suya que fuese a ciertos pueblos de indios, y que si no les diesen de comer, los matasen todos. Fueron con esta auctoridad, y porque los indios, como a enemigos suyos, no se lo quisieron dar, más por miedo de vellos y por huillos que por falta de liberalidad, metieron a espada sobre cinco mil ánimas.

Item, viniéronse a poner en sus manos y a ofrecerse a su servicio cierto número de gente de paz, que por ventura ellos enviaron a llamar. Y porque, o no vinieron tan presto, o porque como suelen y es costumbre dellos vulgada [128], quisieron en ellos su horrible miedo y espanto arraigar, mandó el gobernador que los entregasen a todos en manos de otros indios que aquéllos tenían por sus enemigos. Los cuales, llorando y clamando rogaban que los matasen ellos y no les diesen a sus enemigos. Y no queriendo salir de la casa donde estaban, allí los hicieron pedazos, clamando y diciendo: «Venimos a serviros de paz y matáisnos; nuestra sangre quede por estas paredes en testimonio de nuestra injusta muerte y vuestra crueldad.» Obra fue ésta, cierto, señalada y dina de considerar, y mucho más de lamentar.

---

[128] Vulgar (voz anticuada).

De los grandes reinos y grandes provincias del Perú

En el año de mil y quinientos y treinta y uno fue otro tirano grande con cierta gente a los reinos del Perú [129], donde entrando con el título e intención y con los principios que los otros todos pasados (porque era uno de los que se habían más ejercitado y más tiempo en todas las crueldades y estragos que en la Tierra Firme, desde el año de mil y quinientos y diez, se habían hecho), creció en crueldades y matanzas y robos, sin fe ni verdad, destruyendo pueblos, apocando, matando las gentes dellos, y siendo causa de tan grandes males que han sucedido en aquellas tierras, que bien somos ciertos que nadie bastará a referillos y encarecerlos, hasta que los veamos y cognoscamos claros el día del Juicio. Y de algunos que quería referir, la deformidad y calidades y circunstancias que los afean y agravian, verdaderamente yo no podré ni sabré encarecer.

En su infelice entrada mató y destruyó algunos pueblos y les robó mucha cantidad de oro. En una isla que está cerca de las mesmas provincias, que se llama Pugna [130], muy poblada y graciosa, y recibiéndole el señor y gente della como a ángeles del cielo, y después de seis meses, habiéndoles comido todos sus bastimentos, y de nuevo descubriéndoles las trojes del trigo [131] que tenían para

---

[129] Francisco Pizarro.
[130] La isla de la Puna, situada en el golfo de Guayaquil.
[131] Este «trigo» era el maíz.

sí y sus mujeres e hijos los tiempos de secas y estériles, y ofreciéndoselas con muchas lágrimas que las gastasen y comiesen a su voluntad, el pago que les dieron a la fin fue que los metieron a espada y alancearon mucha cantidad de gentes dellas, y los que pudieron tomar a vida hicieron esclavos con grandes y señaladas crueldades otras que en ellas hicieron, dejando casi despoblada la dicha isla.

De allí vanse a la provincia de Tumbala [132], que es en la Tierra Firme, y matan y destruyen cuantos pudieron. Y porque de sus espantosas y horribles obras huían todas las gentes, decían que se alzaban y que eran rebeldes al rey. Tenía este tirano esta industria: que a los que pedía y otros que venían a dalles presentes de oro y plata y de lo que tenían, decíales que trujesen más, hasta que él vía que o no tenían más o no traían más, y entonces decía que los recebía por vasallos de los reyes de España, y abrazábalos y hacía tocar dos trompetas que tenía, dándoles a entender que desde en adelante no les habían de tomar más ni hacelles mal alguno, teniendo por lícito todo lo que les robaba y le daban por miedo de las abominables nuevas que dél oían antes que él los recibiese so el amparo y protección del rey. Como si después de recebidos debajo de la protección real no los oprimiesen, robasen, asolasen y destruyesen, y él no lo hobiera así destruido.

Pocos días después, viniendo el rey universal y emperador de aquellos reinos, que se llamó Atabaliba, con mucha gente desnuda y con sus armas de burla, no sabiendo cómo cortaban las espadas y herían las lanzas, y cómo corrían los caballos, y quién eran los españoles (que si los demonios tuvieren oro, los acometerán para se lo robar), llegó al lugar donde ellos estaban [133], diciendo: «¿Dónde están esos españoles? Salgan acá, que no me mudaré de aquí hasta que me satisfagan de mis vasallos que me han muerto, y pueblos que me han despoblado,

---

[132] *Sic*, por Túmbez.
[133] Cajamarca.

y riquezas que me han robado.» Salieron a él, matáronle infinitas gentes, prendiéronle su persona, que venía en unas andas; y después de preso, tractan con él que se rescatase. Promete de dar cuatro millones de castellanos, y da quince, y ellos prométenle de soltallo. Pero al fin, no guardándole la fe ni verdad (como nunca en las Indias con los indios por los españoles se ha guardado), levántanle que por su mandado se juntaba gente, y él responde que en toda la tierra no se movía una hoja de un árbol sin su voluntad, que si gente se juntase, creyesen que él la mandaba juntar, y que preso estaba, que lo matasen. No obstante todo esto, lo condenaron a quemar vivo, aunque después rogaron algunos al capitán que lo ahogasen, y ahogado lo quemaron. Sabido por él, dijo: «¿Por qué me quemáis? ¿qué os he hecho? No me prometiste de soltar dándoos el oro? No os di más de lo que os prometí? Pues que así lo queréis, enviadme a vuestro rey de España», y otras muchas cosas que dijo para gran confusión y detestación de la gran injusticia de los españoles. Y en fin lo quemaron. Considérese aquí la justicia y título desta guerra, la prisión deste señor y la sentencia y ejecución de su muerte, y la conciencia con que tienen aquellos tiranos tan grandes tesoros como en aquellos reinos, a aquel rey tan grande y a otros infinitos señores y particulares, robaron.

De infinitas hazañas señaladas en maldad y crueldad, en estirpación de aquellas gentes, cometidas por los que se llaman cristianos, quiero aquí referir algunas pocas que un fraile de Sant Francisco a los principios vido, y las firmó de su nombre, enviando treslados por aquellas partes y otros a estos reinos de Castilla, y yo tengo en mi poder un treslado con su propia firma, en el cual dice así:

«Yo, fray Marcos de Niza, de la orden de Sant Francisco, comisario sobre los frailes de la mesma orden en las provincias del Perú, que fue [134] de los primeros religio-

---

[134] que fui (forma anticuada de la primera persona del pretérito perfecto).

sos que con los primeros cristianos entraron en las dichas provincias, digo, dando testimonio verdadero de algunas cosas que yo con mis ojos vi en aquella tierra, mayormente cerca del tractamiento y conquistas hechas a los naturales. Primeramente, yo soy testigo de vista, y por experiencia cierta conocí y alcancé que aquellos indios del Perú es la gente más benívola que entre indios se ha visto, y allegada y amiga a los cristianos. Y vi que ellos daban a los españoles en abundancia oro y plata y piedras preciosas, y todo cuanto les pedian que ellos tenían, y todo buen servicio; y nunca los indios salieron de guerra sino de paz, mientras no les dieron ocasión con los malos tractamientos y crueldades; antes los recebían con toda benivolencia y honor en los pueblos a los españoles, y dándoles comidas, y cuantos esclavos y esclavas pedían para servicio.

»Item, soy testigo y doy testimonio que sin dar causa ni ocasión aquellos indios a los españoles, luego que entraron en sus tierras, después de haber dado el mayor cacique, Atabaliba, más de dos millones de oro a los españoles, y habiéndoles dado toda la tierra en su poder sin resistencia, luego quemaron al dicho Atabaliba, que era señor de toda la tierra, y en pos dél quemaron vivo a su capitán general Cochilimaca, el cual había venido de paz al gobernador con otros principales. Así mesmo, después de éstos dende a pocos días quemaron a Chamba, otro señor muy principal de la provincia de Quito, sin culpa ni aun haber hecho por qué.

»Así mesmo quemaron a Chapera, señor de los canarios, injustamente. Así mesmo Alvis, gran señor de los que había en Quito, quemaron los pies y le dieron otros muchos tormentos porque dijese donde estaba el oro de Atabaliba, del cual tesoro (como pareció) no sabía él nada. Así mesmo quemaron en Quito a Cozopanga, gobernador que era de todas las provincias de Quito. El cual, por ciertos requerimientos que le hizo Sebastián de Benalcázar, capitán del gobernador, vino de paz, y porque no dio tanto oro como le pedían, lo quemaron con otros muchos caciques y principales. Y a lo que yo pude entender, su intento de los españoles era que no quedase señor en toda la tierra.

»Item, que los españoles recogieron mucho número de indios y los encerraron en tres casas grandes, cuantos en ellas cupieron, y pegáronles fuego y quemáronlos a todos sin hacer la menor cosa contra español ni dar la menor causa. Y acaeció allí que un clérigo que se llama Ocaña sacó un muchacho del fuego en que se quemaba, y vino allí otro español, y tomóselo de las manos y lo echó en medio de las llamas, donde se hizo ceniza con los demás. El cual dicho español que así había echado en el fuego al indio, aquel mesmo día, volviendo al real, cayó súbitamente muerto en el camino, y yo fue de parecer que no lo enterrasen.

»Item, yo afirmo que yo mesmo vi ante mis ojos a los españoles cortar manos, narices y orejas a indios e indias, sin propósito, sino porque se les antojaba hacerlo, y en tantos lugares y partes que sería largo de contar. Y yo vi que los españoles les echaban perros a los indios para que los hiciesen pedazos, y los vi así aperrear a muy muchos. Así mesmo vi yo quemar tantas casas y pueblos, que no sabría decir el número, según eran muchos. Así mesmo es verdad que tomaban niños de teta por los brazos y los echaban arrojadizos cuanto podían, y otros desafueros y crueldades sin propósito, que me ponían espanto, con otras innumerables que vi, que serían largas de contar.

»Item, vi que llamaban a los caciques y principales indios que viniesen de paz seguramente y prometiéndoles seguro, y en llegando, luego los quemaban. Y en mi presencia quemaron dos: el uno en Andón y el otro en Tumbala, y no fui parte para se lo estorbar que no los quemasen, con cuanto les prediqué. Y según Dios y mi conciencia, en cuanto yo puedo alcanzar, no por otra causa sino por estos malos tractamientos, como claro parece a todos, se alzaron y levantaron los indios del Perú, y con mucha causa que se les ha dado. Porque ninguna verdad les han tractado, ni palabra guardado, sino que contra toda razón e injusticia, tiránicamente los han destruido con toda la tierra, haciéndoles tales obras que han determinado antes de morir que semejantes obras sufrir.

»Item, digo que por la relación de los indios, hay mucho más oro escondido que manifestado, el cual, por las injusticias y crueldades que los españoles hicieron, no lo han querido descubrir, ni lo descubrirán mientras recibieren tales tractamientos, antes querrán morir como los pasados. En lo cual Dios Nuestro Señor ha sido mucho ofendido, y Su Majestad muy deservido y defraudado en perder tal tierra, que podía dar buenamente de comer a toda Castilla, la cual será harto dificultosa y costosa, a mi ver, de la recuperar.»

Todas éstas son sus palabras del dicho religioso, formales, y vienen también firmadas del obispo de México [135], dando testimonio de que todo esto afirmaba el dicho padre fray Marcos.

Hase de considerar aquí lo que este padre dice que vido, porque fue en cincuenta o cien leguas de tierra, y ha nueve o diez años, porque era a los principios, y había muy pocos, que al sonido del oro fueron cuatro y cinco mil españoles y se estendieron por muchos y grandes reinos y provincias más de quinientas y setecientas leguas, que las tienen todas asoladas, perpetrando las dichas obras y otras más fieras y crueles. Verdaderamente, desde entonces acá hasta hoy, de más de mil veces más se ha destruido y asolado de ánimas que las que ha contado, y con menos temor de Dios y del rey, y piedad, han destruido grandísima parte del linaje humano. Más faltan y han muerto de aquellos reinos hasta hoy (y que hoy también los matan) en obra de diez años, de cuatro cuentos de ánimas.

Pocos días ha que acañaverearon y mataron una gran

---

[135] Fray Juan de Zumárraga, franciscano.

reina, mujer del Inga [136], el que quedó por rey de aquellos reinos [137], al cual los cristianos, por sus tiranías, poniendo las manos en él, lo hicieron alzar y está alzado. Y tomaron a la reina su mujer, y contra toda justicia y razón la mataron (y aun dicen que estaba preñada), solamente por dar dolor a su marido.

Si se hobiesen de contar las particulares crueldades y matanzas que los cristianos en aquellos reinos del Perú han cometido y cada día hoy cometen, sin duda ninguna serían espantables y tantas, que todo lo que hemos dicho de las otras partes se escureciese y pareciese poco, según la cantidad y gravedad della.

---

[136] En el texto impreso: *Elingue*.
[137] Mango Inca.

Del Nuevo Reino de Granada

El año de mil y quinientos y treinta y nueve concurrieron muchos tiranos [138], yendo a buscar desde Venezuela y desde Sancta Marta y desde Cartagena el Perú; y otros que del mesmo Perú decendían a calar y penetrar aquellas tierras, y hallaron a las espaldas de Sancta Marta y Cartagena, trescientas leguas la tierra dentro, unas felicísimas y admirables provincias llenas de infinitas gentes mansuetísimas y buenas como las otras, y riquísimas también de oro y piedras preciosas, las que se dicen esmeraldas. A las cuales provincias pusieron por nombre el Nuevo Reino de Granada, porque el tirano que llegó primero a estas tierras era natural del reino que acá está de Granada [139]. Y porque muchos inicuos y crueles hombres de los que allí concurrieron de todas partes eran insignes carniceros y derramadores de la sangre humana, muy acostumbrados y experimentados en los grandes pecados, susodichos en muchas partes de las Indias, por eso han sido tales y tantas sus endemoniadas obras, y las circunstancias y calidades que las afean y agravian, que han excedido a muy muchas y aun a todas las que los otros y ellos en las otras provincias han hecho y cometido.

De infinitas que en estos tres años han perpetrado, y que agora en este día no cesan de hacer, diré algunas muy brevemente de muchas: que un gobernador (porque no le quiso admitir el que en el dicho Nuevo Reino de Gra-

---

[138] Jiménez de Quesada, Federmann, Sebastián de Belalcázar.
[139] Trátase de Jiménez de Quesada.

nada robaba y mataba para que él robase y matase) hizo una probanza contra él de muchos testigos sobre los estragos y desafueros y matanzas que ha hecho y hace, la cual se leyó y está en el Consejo de las Indias.

Dicen en la dicha probanza los testigos que, estando todo aquel reino de paz y sirviendo a los españoles, dándoles de comer de sus trabajos los indios continuamente, y haciéndoles labranzas y haciendas, y trayéndoles mucho oro y piedras preciosas, esmeraldas, y cuanto tenían y podían, repartidos los pueblos y señores y gentes dellos por los españoles (que es todo lo que pretenden por medio para alcanzar su fin último, que es el oro), y puestos todos en la tiranía y servidumbre acostumbrada, el tirano capitán principal que aquella tierra mandaba prendió al señor y rey de todo aquel reino, y túvolo preso seis o siete meses, pidiéndole oro y esmeraldas sin otra causa ni razón alguna. El dicho rey, que se llamaba Bogotá, por el miedo que le pusieron, dijo que él daría una casa de oro que le pedían, esperando de soltarse de las manos de quien así lo afligía, y envió indios a que le trajesen oro; y por veces trajeron mucha cantidad de oro y piedras, pero porque no daba la casa de oro, decían los españoles que lo matase. pues no cumplía lo que había prometido. El tirano dijo que se lo pidiesen por justicia ante él mesmo. Pidiéronlo así por demanda, acusando al dicho rey de la tierra; él dio sentencia condenándolo a tormentos si no diese la casa de oro. Danle el tormento del tracto de cuerda [140], echábanle sebo ardiendo en la barriga, pónenle a cada pie una herradura hincada en un palo, y el pescuezo atado a otro palo, y dos hombres que le tenían las manos; y así le pegaban fuego a los pies; y entraba el tirano de rato en rato, y le decía que así lo había de matar poco a poco a tormentos si no le daba el oro. Y así lo cumplió

---

[140] Tormento que se daba atando las manos por detrás al reo, y colgándole por ellas de una cuerda que pasaba por una garrucha, con la cual le levantaban en alto, y después le dejaban caer de golpe, sin que llegase al suelo.

y mató al dicho señor con los tormentos. Y estando atormentándolo, mostró Dios señal de que detestaba aquellas crueldades en quemarse todo el pueblo donde las perpetraban.

Todos los otros españoles, por imitar a su buen capitán y porque no saben otra cosa sino despedazar aquellas gentes, hicieron lo mesmo, atormentando con diversos y fieros tormentos cada uno al cacique y señor del pueblo o pueblos que tenían encomendados, estándoles sirviéndolos dichos señores con todas sus gentes, y dándoles oro y esmeraldas cuanto podían y tenían. Y sólo los atormentaban porque les diesen más oro y piedras de lo que les daban. Y así quemaron y despedazaron todos los señores de aquella tierra.

Por miedo de las crueldades egregias que uno de los tiranos particulares en los indios hacía, se fueron a los montes huyendo de tanta inhumanidad un gran señor que se llamaba Daitama con mucha gente de la suya. Porque esto tienen por remedio y refugio (si les valiese), y a esto llaman los españoles levantamientos y rebelión. Sabido por el capitán principal tirano, envía gente al dicho hombre cruel (por cuya ferocidad los indios que estaban pacíficos y sufriendo tan grandes tiranías y maldades se habían ido a los montes), el cual fue a buscallos, y porque no basta esconderse en las entrañas de la tierra, hallaron gran cantidad de gente y mataron y despedazaron más de quinientas ánimas, hombres y mujeres y niños, porque a ningún género perdonaban. Y aun dicen los testigos que el mesmo señor Daitama había, antes que la gente le matasen, venido al dicho cruel hombre y le había traído cuatro o cinco mil castellanos, y no obstante esto hizo el estrago susodicho.

Otra vez, viniendo a servir mucha cantidad de gente a los españoles, y estando sirviendo con la humildad y simplicidad que suelen, seguros, vino el capitán una noche a la ciudad donde los indios servían, y mandó que a todos aquellos reinos los metiesen a espada, estando dellos durmiendo y dellos cenando y descansando de los trabajos del día. Esto hizo porque le pareció que era bien hacer aquel estrago para entrañar su temor en todas las gentes de aquella tierra.

Otra vez mandó el capitán tomar juramento a todos los españoles cuantos caciques y principales y gente común cada uno tenía en el servicio de su casa, y que luego los trajesen a la plaza, y allí les mandó cortar a todos las cabezas, donde mataron cuatrocientas o quinientas ánimas. Y dicen los testigos que desta manera pensaba apaciguar la tierra.

De cierto tirano particular dicen los testigos que hizo grandes crueldades, matando y cortando muchas manos y narices a hombres y mujeres, y destruyendo muchas gentes.

Otra vez envió el capitán al mesmo cruel hombre con ciertos españoles a la provincia de Bogotá a hacer pesquisa de quien era el señor que había sucedido en aquel señorío, después que mató a tormentos al señor universal, y anduvo por muchas leguas de tierra prendiendo cuantos indios podía haber; y porque no le decían quién era el señor que había sucedido, a unos cortaba las manos y a otros hacía echar a los perros bravos que los despedazaban, así hombres como mujeres, y desta manera mató y destruyó muchos indios e indias. Y un día, al cuarto del alba, fue a dar sobre unos caciques o capitanes y gente mucha de indios que estaban de paz y seguros, que los había asegurado y dado la fe de que no recibirían mal ni daño, por la cual seguridad se salieron de los montes donde estaban escondidos a poblar a lo raso, donde tenían su pueblo. Y así, estando descuidados y con confianza de la fe que les habían dado, prendió mucha cantidad de gente, mujeres y hombres, y les mandaba poner la mano tendida en el suelo, y él mesmo, con un alfanje, les cortaba las manos, y decíales que aquel castigo les hacía porque no le querían decir donde estaba el señor nuevo que en aquel reino había sucedido.

Otra vez, porque no le dieron un cofre lleno de oro los indios, que les pidió este cruel capitán, envió gente a hacer guerra donde mataron infinitas ánimas, y cortaron manos y narices a mujeres y a hombres que no se podrían contar, y a otros echaron a perros bravos que los comían y despedazaban.

Otra vez, viendo los indios de una provincia de aquel reino que habían quemado los españoles tres o cuatro señores principales, de miedo se fueron a un peñón fuerte para se defender de enemigos que tanto carecían de entrañas de hombres, y serían en el peñón y habría (según dicen los testigos) cuatro o cinco mil indios. Envía el capitán susodicho a un grande y señalado tirano (que a muchos de los que de aquellas partes tienen cargo de asolar, hace ventaja) con cierta gente de españoles para que castigase diz que [141] los indios alzados que huían de tan grande pestilencia y carnicería, como si hobieran hecho alguna sin justicia y a ellos perteneciera hacer el castigo y tomar la venganza, siendo dignos ellos de todo crudelísimo tormento sin misericordia, pues tan ajenos son de ella y de piedad con aquellos inocentes. Idos los españoles al peñón, súbenlo por fuerza, como los indios sean desnudos y sin armas; y llamando los españoles a los indios de paz, y que los aseguraban que no les harían mal alguno, que no peleasen, luego los indios cesaron. Manda el crudelísimo hombre a los españoles que tomasen todas las fuerzas del peñón, y tomadas, que diesen a los indios. Dan los tigres y leones en las ovejas mansas y desbarrigan y meten a espada tantos, que se pararon a descansar, tantos eran los que habían hecho pedazos. Después de haber descansado un rato, mandó el capitán que matasen y despeñasen del peñón abajo, que era muy alto, toda la gente que viva quedaba. Y así la despeñaron toda; y dicen los testigos que veían nubada de indios echados del peñón abajo de setecientos hombres juntos que caían donde se hacían pedazos.

Y por consumar del todo su gran crueldad, rebuscaron todos los indios que se habían escondido entre las matas,

---

[141] Apócope de dice (forma anticuada).

y mandó que a todos les diesen de estocadas, y así los mataron y echaron de las peñas abajo. Aun no quiso contentarse con las cosas tan crueles ya dichas, porque quiso señalarse más y aumentar la horribilidad de sus pecados, en que mandó que todos los indios e indias que los particulares habían tomado vivos (porque cada uno en aquellos estragos suele escoger algunos indios e indias y muchachos para servirse), los metiesen en una casa de paja (escogidos y dejados los que mejor le parecieron para su servicio) y les pegasen fuego; y así los quemaron vivos, que serían obra de cuarenta o cincuenta. Otros madó echar a los perros bravos, que los despedazaron y comieron.

Otra vez, este mesmo tirano fue a cierto pueblo que se llamaba Cota, y tomó muchos indios e hizo despedazar a los perros quince o veinte señores y principales, y cortó mucha cantidad de manos de mujeres y hombres, y las ató en unas cuerdas, y las puso colgadas de un palo a la luenga [142], porque viesen los otros indios lo que habían hecho a aquéllos, en que habría setenta pares de manos; y cortó muchas narices a mujeres y a niños.

Las hazañas y crueldades deste hombre enemigo de Dios, no las podría alguno explicar, porque son innumerables y nunca tales oídas ni vistas que ha hecho en aquella tierra y en la provincia de Guatimala, y donde quiera que ha estado. Porque ha muchos años que anda por aquellas tierras haciendo aquestas obras y abrasando y destruyendo aquellas gentes y tierras.

Dicen más los testigos en aquella probanza, que han sido tantas y tan grandes las crueldades y muertes que han hecho y se hacen hoy en el dicho Nuevo Reino de Granada por sus personas los capitanes, y consentido hacer a todos aquellos tiranos y destruidores del género humano que con él estaban, que tienen toda la tierra asolada y perdida, y que si Su Majestad con tiempo no lo manda remediar (según la matanza en los indios se

---

[142] A la larga (adverbio antiguo).

hace solamente por sacalles el oro que no tienen, porque todo lo que tenían lo han dado), que se acabará en poco de tiempo que no haya indios ningunos para sustentar la tierra, y quedará toda yerma y despoblada.

Débese aquí notar la cruel y pestilencial tiranía de aquellos infelices tiranos, cuán recia y vehemente y diabólica ha sido, que en obra de dos años o tres que ha que aquel reino se descubrió, que (según todos los que en él han estado y los testigos de la dicha probanza dicen) estaba el más poblado de gente que podía ser tierra en el mundo, lo hayan todo muerto y despoblado tan sin piedad y temor de Dios y del rey, que digan que si en breve Su Majestad no estorba aquellas infernales obras, no quedará hombre vivo ninguno. Y así lo creo yo, porque muchas y grandes tierras en aquellas partes he visto por mis mismos ojos [143], que en muy breves días las han destruido y del todo despoblado.

Hay otras provincias grandes que confinan con las partes del dicho Nuevo Reino de Granada, que se llaman Popayán y Cali [144], y otras tres o cuatro que tienen más de quinientas leguas. Las han asolado y destruido por las maneras que esas otras, robando y matando con tormentos y con los desafueros susodichos las gentes dellas que eran infinitas. Porque la tierra es felicísima, y dicen los que agora vienen de allá que es una lástima grande y dolor ver tantos y tan grandes pueblos quemados y asolados como vían pasando por ellas, que donde había pueblo de mil y dos mil vecinos, no hallaban cincuenta, y otros totalmente abrasados y despoblados. Y por muchas partes hallaban ciento y doscientas leguas y trescientas todas despobladas, quemadas y destruidas grandes poblaciones. Y finalmente, porque desde los reinos del Perú por la parte de la provincia del Quito, penetraron grandes y crueles tiranos hacia el dicho Nuevo Reino

[143] No habla aquí Las Casas de la Nueva Granada continental, en que no estuvo, sino de los países del istmo centroamericano.
[144] Al sudoeste de Bogotá.

de Granada y Popayán y Cali, por la parte de Cartagena y Urabá [145], y de Cartagena otros maleventurados tiranos fueron a salir al Quito, y después otros por la parte del río de Sant Juan, que es a la costa del Sur [146] (todos los cuales se vinieron a juntar), han estirpado y despoblado más de seiscientas leguas de tierras, echando aquellas tan inmensas ánimas a los infiernos, haciendo lo mesmo el día de hoy a las gentes míseras, aunque inocentes, que quedan.

Y porque sea verdadera la regla que al principio dije, que siempre fue creciendo la tiranía y violencias e injusticias de los españoles contra aquellas ovejas mansas, en crudeza, inhumanidad y maldad, lo que agora en las dichas provincias se hace entre otras cosas dignísimas de todo fuego y tormento, es lo siguiente:

Después de las muertes y estragos de las guerras, ponen, como es dicho, las gentes en la horrible servidumbre arriba dicha, y encomiendan a los diablos a uno doscientos y a otro trescientos indios. El diablo comendero diz que hace llamar cient indios ante sí; luego vienen como unos corderos; venidos, hace cortar las cabezas a treinta o cuarenta dellos y dice a los otros: «Lo mesmo os tengo de hacer si no me servís bien o si os vais sin mi licencia.»

Considérese agora por Dios, por los que esto leyeren, qué obra es ésta y si excede a toda crueldad e injusticia que pueda ser pensada, y si les cuadra bien a los tales cristianos llamallos diablos, y si sería más encomendar los indios a los diablos del infierno que es encomendarlos a los cristianos de las Indias.

Pues otra cosa diré, que no sé cuál sea más cruel y más infernal, y más llena de ferocidad de fieras bestias, o ella o la que agora se dijo. Ya esta dicho que tienen los españoles de las Indias enseñados y amaestrados perros bravísimos y ferocísimos para matar y despedazar los indios. Sepan todos los que son verdaderos cristianos,

---

[145] Es decir, por el golfo de Darién.
[146] La del Pacífico.

y aun los que no lo son, si se oyó en el mundo tal obra, que para mantener los dichos perros traen muchos indios en cadenas por los caminos que andan, como si fuesen manadas de puercos, y matan dellos y tienen carnicería pública de carne humana, y dícense unos a otros: «Préstame un cuarto de un bellaco désos para dar de comer a mis perros hasta que yo mate otro», como si prestasen cuartos de puerco o de carnero. Hay otros que se van a caza las mañanas con sus perros, y volviéndose a comer, preguntados cómo les ha ido, responden: «Bien me ha ido, porque obra de quince o veinte bellacos dejo muertos con mis perros.» Todas estas cosas y otras diabólicas vienen agora probadas en procesos que han hecho unos tiranos contra otros. ¿Qué puede ser más fea ni fiera ni inhumana cosa?

Con esto quiero acabar, hasta que vengan nuevas de más egregias en maldad (si más que éstas pueden ser) cosas, o hasta que que volvamos allá a verlas de nuevo, como cuarenta y dos años ha que las veemos por los ojos sin cesar[147], protestando en Dios y en mi conciencia que, según creo y tengo por cierto, que tantas son las perdiciones, daños, destruiciones, despoblaciones, estragos, muertes y muy grandes crueldades horribles y especies feísimas dellas, violencias, injusticias y robos y matanzas que en aquellas gentes y tierras se han hecho (y aún se hacen hoy en todas aquellas partes de las Indias), que en todas cuantas cosas he dicho y cuanto lo he encarecido, no he dicho ni encarecido, en calidad ni en cantidad, de diez mil partes (de lo que se ha hecho y hace hoy) una.

Y para que más compasión cualquiera cristiano haya de aquellas inocentes naciones y de su perdición y condenación más se duela, y más culpe y abomine y deteste la cudicia y ambición y crueldad de los españoles, tengan todos por verdadera esta verdad, con las que arriba he afirmado: que después que se descubrieron las Indias

---

[147] En realidad, cuarenta años.

hasta hoy, nunca en ninguna parte dellas los indios hicieron mal a cristiano sin que primero hobiesen recebido males y robos y traiciones dellos. Antes siempre los estimaban por inmortales y venidos del cielo, y como a tales los recebían, hasta que sus obras testificaban quién eran y qué pretendían.

Otra cosa es bien añidir: que hasta hoy, desde sus principios, no se ha tenido más cuidado por los españoles de procurar que les fuese predicada la fe de Jesucristo a aquellas gentes, que si fueran perros u otras bestias. Antes han prohibido de principal intento a los religiosos, con muchas aflicciones y persecuciones que les han causado, que no les predicasen, porque les parecía que era impedimiento para adquirir el oro y riquezas que les prometían sus cudicias. Y hoy en todas las Indias no hay más conocimiento de Dios, si es de palo, o de cielo, o de tierra, que hoy ha cient años entre aquellas gentes, si no es en la Nueva España, donde han andado religiosos, que es un rinconcillo muy chico de las Indias[148]; y así han perecido y perecen todos sin fe y sin sacramentos.

Fue inducido yo, Fray Bartolomé de las Casas o Casaus, fraile de Sancto Domingo, que por la misericordia de Dios ando en esta corte de España, procurando echar el infierno de las Indias, y que aquellas infinitas muchedumbres de ánimas redimidas por la sangre de Jesucristo no perezcan sin remedio para siempre, sino que conozcan a su criador y se salven; y por compasión que he de mi patria, que es Castilla, no la destruya Dios por tan grandes pecados contra su fe y honra cometidos y en los prójimos, por algunas personas notables, celosas de la honra de Dios, y compasivas de las aflicciones y calamidades ajenas, que residen en esta corte, aunque yo me lo tenía en propósito, y no lo había puesto por obra por mis continuas ocupaciones. Acabéla en Valencia, a ocho de

---

[148] No es este «rinconcillo» toda la Nueva España; Las Casas se refiere a las regiones evangelizadas por los religiosos, y posiblemente al pequeño territorio de la futura Vera Paz.

diciembre de mil y quinientos y cuarenta y dos años, cuando tienen la fuerza y están en su colmo actualmente todas las violencias, opresiones, tiranías, matanzas, robos y destruiciones, estragos, despoblaciones, angustias y calamidades susodichas, en todas las partes donde hay cristianos de las Indias. Puesto que en unas partes son más fieras y abominables que en otras: México y su comarca está un poco menos malo, o donde al menos no se osa hacer públicamente, porque allí y no en otra parte hay alguna justicia (aunque muy poca) porque allí también los matan con infernales tributos. Tengo grande esperanza que porque el emperador y rey de España, nuestro señor don Carlos, quinto deste nombre, va entendiendo las maldades y traiciones que en aquellas gentes y tierras, contra la voluntad de Dios y suya, se hacen y han hecho (porque hasta agora se ha encubierto siempre la verdad industriosamente), que ha de extirpar tantos males y ha de remediar aquel Nuevo Mundo que Dios le ha dado, como amador y cultor que es de justicia, cuya gloriosa y felice vida e imperial estado, Dios todopoderoso, para remedio de toda su universal Iglesia y final salvación propia de su real ánima, por largos tiempos Dios prospere, Amén.

Después de escripto lo susodicho fueron publicadas ciertas leyes y ordenanzas que Su Majestad por aquel tiempo hizo en la ciudad de Barcelona, año de mil y quinientos y cuarenta y dos, por el mes de noviembre; en la villa de Madrid, el año siguiente[149]. Por las cuales se puso la orden que por entonces pareció convenir, para que cesasen tantas maldades y pecados que contra Dios y los prójimos y en total acabamiento y perdición de aquel orbe, convenía. Hizo las dichas leyes Su Majestad después de muchos ayuntamientos de personas de gran autoridad, letras y conciencia, y disputas y conferencias en la villa de Valladolid, y finalmente con acuerdo y parecer de todos los más, que dieron por escripto sus votos

---

[149] Las célebres «Leyes Nuevas».

y más cercanos se hallaron de la ley de Jesucristo, como verdaderos cristianos, y también libres de la corrupción y ensuciamiento de los tesoros robados de las Indias. Los cuales ensuciaron las manos y más las ánimas de muchos que entonces las mandaban; de donde procedió la ceguedad suya para que las destruyesen, sin tener escrúpulo alguno dello. Publicadas estas leyes, hicieron los hacedores de los tiranos que entonces estaban en la corte muchos treslados dellas (como a todos les pesaba, porque parecía que se les cerraban las puertas de participar lo robado y tiranizado), y enviáronlos a diversas partes de las Indias. Los que allá tenían cargo de las robar, acabar y consumir con sus tiranías, como nunca tuvieron jamás orden, sino toda la desorden que pudiera poner Lucifer, cuando vieron los treslados, antes que fuesen los jueces nuevos que los habían de ejecutar, conociendo (a lo que se dice y se cree) de los que acá hasta entonces los habían en sus pecados y violencias sustentado, que lo debían hacer, alborotáronse de tal manera que cuando fueron los buenos jueces a las ejecutar, acordaron de (como habían perdido a Dios el amor y temor) perder la vergüenza y obediencia a su rey. Y así acordaron de tomar por renombre traidores, siendo crudelísimos y desenfrenados tiranos; señaladamente en los reinos del Perú, donde hoy, que estamos en el año de mil y quinientos y cuarenta y seis, se cometen tan horribles y espantables y nefarias obras, cuales nunca se hicieron ni en las Indias ni en el mundo, no sólo en los indios, los cuales ya todos o cuasi todos los tienen muertos, y aquellas tierras dellos despobladas, pero en sí mesmos unos a otros, con justo juicio de Dios, que pues no ha habido justicia del rey que los castigue, viniese del cielo, permitiendo que unos fuesen de otros verdugos [150]. Con el favor de aquel levantamiento de aquéllos, en todas las otras partes de aquel mundo no han querido cumplir las leyes, y con color de suplicar

---

[150] Alude Las Casas a las guerras civiles entre Pizarristas y Almagristas.

dellas, están tan alzados como los otros. Porque se les hace de mal dejar los estados y haciendas usurpadas que tienen, y abrir mano de los indios que tienen en perpetuo captiverio. Donde han cesado de matar con espadas de presto, mátanlos con servicios personales y otras vejaciones injustas e intolerables su poco a poco. Y hasta agora no es poderoso el rey para lo estorbar, porque todos, chicos y grandes, andan a robar, unos más, otros menos; unos pública y abierta, otros secreta y paliadamente. Y con color de que sirven al rey, deshonran a Dios y roban y destruyen al rey.

Fue impresa la presente obra en la muy noble y muy leal ciudad de Sevilla, en casa de Sebastián Trujillo, impresor de libros, A nuestra señora de Gracia, año de MDLII.

Lo que se sigue es un pedazo
de una carta

y relación que escribió cierto hombre de los mismos que andaban en estas estaciones, refiriendo las obras que hacía y consentía hacer el capitán[151] por la tierra que andaba. Y puesto que, porque la dicha carta y relación se dio a encuadernar con otras cosas, o el librero olvidó o perdió una hoja della que contenía cosas espantables (todo lo cual se me dio por uno de los mismos que las hacían, y yo lo tuve todo en mi poder) va sin principio y cabo lo siguiente. Pero por ser este pedazo que queda, lleno de cosas notables, parecióme no deberse dejar de imprimir, porque no creo que causará mucho menor lástima y horror a Vuestra Alteza, juntamente con deseo de poner el remedio, que algunas de las deformidades referidas.

CARTA

...dio licencia que los echasen en cadenas y prisiones, y así los echaron, y el dicho capitán traía tres o cuatro cadenas dellos para él, y haciendo esto y no procurando de sembrar y poblar (como se había de hacer), sino robando y tomando a los indios la comida que tenían, vinieron en tanta necesidad los naturales que se hallaban mucha

---

[151] Sebastián de Belalcázar.

cantidad dellos en los caminos muertos de hambre. Y en ir y venir a la costa los indios, cargados de las cosas de los españoles, mató cerca de diez mil ánimas, porque ninguno llegó a la costa que no muriese, por ser la tierra caliente.

Después desto, siguiendo el rastro y por el mismo camino que vino Juan de Ampudia, echando los indios que habían sacado del Quito adelante una jornada, para que descubriesen los pueblos de los indios y los robasen para cuando él llegase con su gente, y estos indios eran dél y de los compañeros, cuál doscientos, cuál trescientos, cuál ciento, como cada uno traía, los cuales, con todo lo que robaban acudían a sus amos. Y en esto hacían grandes crueldades en los niños y mujeres. Y esta misma orden trujo en el Quito, y abrasando toda la tierra y las casas de depósito [152] que tenían los señores de maíz, consintiendo hacer gran estrago en matar ovejas [153] en gran cantidad, siendo la principal población y mantenimiento de los naturales y españoles, porque para solos los sesos de las ovejas y para el sebo, consintía matar doscientas y trescientas ovejas, y echaban la carne a mal. Y los indios amigos que con él andaban, para sólo comer los corazones de las ovejas mataban mucha cantidad, porque ellos no comían otra cosa. Y ansí dos hombres, en una provincia llamada Purúa, mataron veinte y cinco carneros y ovejas de carga que valían entre los españoles a veinte y a veinte y cinco pesos cada uno, sólo para comer los sesos y el sebo. Y ansí en esta desorden matando excesivamente, se perdieron más de cient mil cabezas de ganado, a cuya causa la tierra vino en muy gran necesidad, y los naturales se murieron en muy gran cantidad de hambre. Y habiendo en el Quito tanto maíz que no se puede decir, por esta mala orden vino tanta necesidad, que vino a valer una hanega de maíz diez pesos, y una oveja otro tanto.

---

[152] Los tambos (voz quechua).
[153] Estas ovejas de carga son las llamas.

179

Después quel dicho capitán volvió de la costa, determinó de partirse dende Quito, para ir en busca del capitán Juan de Ampudia. Sacó más de doscientos hombres de pie y de caballo, entre los cuales sacó muchos vecinos de la villa de Quito; y a los vecinos que iban con él, el dicho capitán les dio licencia para que sacasen sus caciques de sus repartimientos con todos los indios que ellos quisiesen sacar, y ellos lo hicieron ansí, entre los cuales sacó Alonso Sánchez Nuita con su cacique más de cien indios con sus mujeres, y por el consiguiente Pedro Lobo y su sobrino más de ciento y cincuenta con sus mujeres; y muchos dellos sacaban sus hijos, porque todos se morían de hambre. Y así mismo sacó Morán, vecino de Popayán, más de doscientas personas, y lo mismo hicieron todos los otros vecinos y soldados, cada uno como podía. Y los dichos soldados preguntáronle que si les daría licencia para echar en prisiones los indios e indias que llevaban, y él les dijo y respondió que sí, hasta que se muriesen, y después de muertos aquéllos, otros; que si los indios eran vasallos de Su Majestad, y que también lo eran los españoles y se morían en la guerra. Y desta manera salió del Quito el dicho capitán a un pueblo que se llama Otabalo, que a la sazón tenía por su repartimiento, y pidióle al cacique que le diese quinientos hombres para la guerra, y ansí se los dio, con ciertos indios principales. Y parte de aquesta gente repartió entre los soldados, y los demás los llevó consigo, dellos cargados y dellos en cadenas, y algunos sueltos para que le sirviesen y le trajesen de comer: y desta manera los llevaron los soldados en cadenas y en sogas atados. Y cuando salieron de las provincias de Quito, sacaron más de seis mil indios e indias, y de todos ellos no se volvieron veinte hombres a su tierra, porque todos se murieron con los grandes trabajos y excesivos que les dieron en las tierras calientes, desnaturándolos de su natural [154]. Y acaeció en este tiem-

---

[154] Sabido es que los indios no soportaban los cambios de clima, ora pasasen como en este caso de tierras templadas a tierras calientes, ora,

po que un Alonso Sánchez, que envió el dicho capitán por capitán de cierta gente a una provincia, topó en el camino cierta cantidad de mujeres y de muchachos cargados de comida, y le aguardaron y esperaron sin le huir, para le dar della, y a todos los mandó meter a cuchillo de espada. Y acaeció un misterio: que un soldado, dando de cuchillada a una india, del primer golpe se le quebró la mitad de la espada, y del segundo no le quedó sino la empuñadera, sin poder herir la india. Y otro soldado, con un puñal de dos filos, queriendo dar de puñaladas a otra india, al primer golpe se le quebró y despuntó con cuatro dedos de la punta, y al segundo no le quedó más de la empuñadura. Y al tiempo quel dicho capitán salió del Quito sacando tanta cantidad de naturales, descasándolos, dando las mujeres mozas a los indios quél traía y las otras a los que quedaban por viejos, salió una mujer con un indio chiquito en los brazos tras él, dando voces, diciéndole que no le llevase a su marido, porque tenía tres niños chiquitos, y que ella no los podría criar, y que se le morirían de hambre. Y visto que la primera vez le respondió mal, tornó a segundar con mayores voces, diciendo que sus hijos se le habían de morir de hambre; y visto que la mandaba echar por ahí y que no le quiso dar a su marido, dio con el niño en unas piedras y lo mató.

Que al tiempo que el dicho capitán llegó a las provincias de Lili, a un pueblo llamado Palo, junto al río grande, donde halló al capitán Juan de Ampudia que había venido adelante a descubrir y pacificar las tierras, el dicho Ampudia tenía poblada una villa llamada Ampudia, en nombre de Su Majestad y del marqués Francisco Pizarro, y en ella tenía puestos por alcaldes ordinarios a Pedro Solano de Quiñones y ocho regidores, y toda la más de la tierra tenía y estaba de paz y repartida. Y así como supo que el dicho capitán estaba en el río, fuelo a ver con muchos de los vecinos y con muchos

---

como los mitayos de las minas de Potosí, de tierras templadas o calientes a tierras frías.

indios de paz cargados de comida y fruta, y de allí adelante todos los indios más cercanos le venían a ver y a le traer de comer al dicho capitán. Eran los indios de Jamundi y Palo y de Solimán y de Bolo, y porque no traían tanto maíz como él quería, mandó ir a muchos españoles con sus indios e indias que fuesen por maíz, y dondequiera que lo hallasen que lo trujesen. Y ansí fueron a Bolo y a Palo, y hallaron a los indios e indias en sus casas de paz, y los dichos españoles y los que con ellos fueron les tomaron y robaron el maíz y oro y mantas y todo lo que los indios tenían, y ataron muchos dellos. Y visto esto por los indios, y que les hacían tan mal tratamiento, fueron al dicho capitán a quejarse del mal tratamiento que se les había hecho, y que les volviesen todo lo que les habían tomado los españoles. Y él no les quiso hacer volver cosa ninguna, y les dijo que no irían otra vez. Y luego de allí a cuatro o cinco días volvieron los españoles por maíz y por robar los indios naturales, y visto por los indios la poca verdad quel dicho capitán les sostenía y guardaba, se alzó toda la tierra, de donde resultó mucho daño y deservicio a Dios Nuestro Señor y a Su Majestad, a causa de lo susodicho. Y ansí está despoblada toda la tierra, porque los han destruido sus enemigos los olomas y los manipos, que son gente de sierra y belicosa, que abajaban cada día a los llanos a tomallos y a robarlos, como los veían que andaban desamparados sus pueblos y naturaleza, y entre ellos el que más podía comía al otro, porque todos perecían de hambre. Y esto hecho, el dicho capitán vino a la dicha villa de Ampudia, donde le recibieron por general, y de allí a siete días partió para los aposentos de Lili y de Peti, con más de doscientos hombres de pie y de caballo.

Que después desto el dicho capitán envió sus capitanes a unas partes y a otras, a hacer cruda guerra a los indios naturales, y ansí mataron mucha cantidad de indios e indias, y les quemaron sus casas y les robaron sus haciendas; esto duró muchos días. Y como vieron los señores de la tierra que los mataban y destruían, enviaron indios de paz con comida. Y partido el dicho capitán para un pueblo que se llama Ice, con todos los indios que habían prendido los españoles en Lili, sin soltar a ninguno, y llegando al dicho pueblo de Ice, luego envió españoles a robar y a tomar y matar todos los indios e indias que pudiesen, y mandó quemar muchas casas, y ansí quemaron más de cien casas. Y de allí fue a otro pueblo que se llamaba Tolilicuy, y el cacique luego le salió de paz con muchos indios; y el dicho capitán le pidió oro a él y a todos sus indios. El cacique le dijo que no tenía sino poco, pero lo que tenía él se lo daría. Y luego empezaron a le dar todos todo lo que podían, y el dicho capitán daba a cada uno de los dichos indios una cédula con el nombre del dicho indio, de cómo le había dado oro; y al indio que no traía aquella cédula, que lo echaría a los perros porque no le daba oro. Y así, con temor desto, todos los indios que tenían oro se lo dieron todo lo que podían, y los que no tenían oro se fueron al monte y otros pueblos por temor que no los matase, a cuya causa perecieron mucha cantidad de los naturales. Y luego mandó el dicho capitán al cacique que enviase dos indios a otro pueblo que se llama Dagua, que viniesen de paz y le trujesen mucho oro. Y llegado a otro pueblo, envió aquella noche a tomar indios muchos españoles y los indios de Tulilicuy. Y ansí trujeron otro día más de cien personas, y todos los que podían llevar cargas los tomó para sí y para los soldados, y los echaron en cadenas, donde murieron todos; y las criaturas diolas el dicho capitán al dicho cacique Tulilicuy para que los comiese. Y hoy día están los cueros de las criaturas llenos de ceniza en casa del dicho cacique Tulilicuy. Y ansí se partió de allí sin lengua ninguna para las provincias de Calili, donde se juntó con el capitán Juan de Ampudia , que le había él enviado a descubrir por otro camino, haciendo mucho estrago y mal en los naturales el uno y el otro, por donde quiera que iban. Y el dicho Juan de Ampudia llegó en un pueblo que al cacique dél se llamaba Bitacón, el cual tenía hecho ciertos hoyos para su defensa; y cayeron en ellos dos caballos, el uno de Antonio Redondo y el otro de Marcos Márquez, y el de Marcos Márquez murió y el otro no, y por esto mandó el dicho Ampudia que prendiesen todos los indios e indias que pudiesen; y ansí prendieron y juntaron más de cien personas, y los echaron a todos en aquellos hoyos vivos, y los mataron, y quemaron más de cien casas en el dicho pueblo. Y ansí se juntaron ambos en un pueblo grande, y sin llamar los indios de paz ni tener lengua con que los llamar, alancearon y mataron mucha cantidad dellos, y les dieron cruda guerra. Y como es dicho, luego que se juntaron les dijo el dicho Ampudia al capitán lo que había hecho en Bitacó, y cómo había echado tanta gente en los hoyos, y el dicho capitán le dijo y respondió que era muy bien hecho, y que ansí lo había hecho en Riobamba cuando entró, que es en las provincias de Quito, que echó en hoyos más de doscientas personas; y allí estuvieron dando guerra a toda la tierra.

Después desto, en la provincia de Birú o de Ancerma, entró en esta provincia haciendo cruda guerra a fuego y a sangre, hasta los pozos de la sal. Y de allí envió a Francisco García Tobar adelante, dando muy cruda guerra a los naturales como de antes, y le venían los indios de dos en dos haciendo señas que querían paz de parte de toda la tierra, y diciéndoles que qué querían, que si oro o mujeres o comida, que ellos se lo darían, y que no los matasen así, y ansí es verdad, según han dicho ellos después. Y el dicho Francisco García les dijo que se fuesen, que estaban borrachos y que no los entendía; y ansí volvió adonde estaba el dicho capitán, y se partieron para salir de toda la provincia, dando muy cruda guerra a los naturales, robándolos y matándolos a todos. Y sacó de allí más de dos mil ánimas, él y los soldados que consigo traía; y todos estos murieron en cadenas. Antes que saliesen de la poblazón, mataron más de quinientos. Y ansí se volvió a la provincia de Calili, y en el camino, si algún indio o india se cansaba de manera que no podía andar, luego le daban de estocadas y le cortaban la cabeza estando en la cadena, por no la abrir [155], y porque los otros que aquello vían no se hiciesen malos. Así desta manera murieron todos, y por estos caminos se perdió toda la gente que sacó de Quito y de Pasto y de Quilla Cangua y Patia y Popayán y Lili, y de Cali y de Ancerma, y muy gran cantidad de gente se murió. Y luego a la vuelta que volvió al pueblo grande, entraron en él matando todos los que podían. Y en este día prendieron trescientas personas.

De la provincia de Lili envió el dicho capitán Juan de Ampudia con mucha gente a los aposentos y población de Lili, a que prendiesen todos los indios e indias que pudiesen, y se los trujesen para las cargas, porque toda la gente que había traído de Ancerma y de allí para adelante se le habían muerto, que era en gran cantidad. Y el dicho de Ampudia trajo más de mil personas y mató muchos. Y ansí el dicho capitán tomó toda la gente que hubo menester, y la demás dio a los soldados; y luego los echaron en cadenas, donde todos murieron. Y ansí, despoblando la dicha villa de los españoles y de los naturales, en tanta cantidad como parece por los pocos que han quedado, se partió para Popayán. Y en el camino dejó un español vivo, porque no podía andar tanto como los sanos, que se llamaba Martín de Aguirre. Y llegado a Popayán, pobló aquel pueblo, y comenzó a ranchear y robar los indios de aquellas comarcas con la desorden que habían hecho en las otras. Y allí hizo cuño real, y fundió todo el oro que se había habido y Juan de Ampudia tenía antes que él viniese; y sin cuenta y razón, sin dar parte alguna a ningún soldado, lo tomó todo para sí, salvo que dio lo que quiso a algunos que se les habían muerto los caballos. Y hecho esto, llevando los quintos de Su Majestad, dijo que iba al Cuzco a dar cuenta a su gobernador, y se partió para el Quito, y en el camino prendió mucha cantidad de indios e indias, y todos murieron en el camino y

---

[155] Atrocidad varias veces relatada por Las Casas en la *Brevísima*: el presente testimonio muestra que no se trataba de un producto de su imaginación.

allá. Y demás desto, el dicho capitán tornó a deshacer el cuño real que había hecho. Bien es aquí referir una palabra quéste de sí mesmo dijo, como aquél que no ignoraba los males y la crueldad dellos que hacía. Dijo así: «De aquí a cincuenta años, los que pasaren por aquí y oyeren estas cosas dirán: por aquí anduvo el tirano de Fulano» [156].

Estas entradas y salidas que aqueste por aquellos reinos hizo, y esta manera de visitar aquellas gentes que vivían seguras en sus tierras, y estas obras que ejercitaban en ellas, Vuestra Alteza sepa y sea cierto que han hecho por la misma imagen y semejanza los españoles desde que se descubrieron hasta hoy en todas las Indias.

---

[156] Cinismo muy parecido al de otro tirano, el sangriento insurrecto Lope de Aguirre (expedición de Ursúa en busca del Dorado, hacia 1560).

Colección Letras Hispánicas

ÚLTIMOS TÍTULOS PUBLICADOS

458 *Diálogo de Mercurio y Carón*, ALFONSO VALDÉS.
     Edición de Rosa Navarro.
459 *La bodega*, VICENTE BLASCO IBÁÑEZ.
     Edición de Francisco Caudet.
460 *Amalia*, JOSÉ MÁRMOL.
     Edición de Teodosio Fernández.
462 *La madre naturaleza*, EMILIA PARDO BAZÁN.
     Edición de Ignacio Javier López.
463 *Retornos de lo vivo lejano. Ora maritima*, RAFAEL ALBERTI.
     Edición de Gregorio Torres Nebrera.
464 *Paz en la guerra*, MIGUEL DE UNAMUNO.
     Edición de Francisco Caudet.
465 *El maleficio de la mariposa*, FEDERICO GARCÍA LORCA.
     Edición de Piero Menarini.
466 *Cuentos*, JULIO RAMÓN RIBEYRO.
     Edición de Mª. Teresa Pérez Rodríguez.
470 *Mare nostrum*, VICENTE BLASCO IBÁÑEZ.
     Edición de Mª. José Navarro Mateo.
471 *Correo del otro mundo. Sacudimiento de mentecatos*, DIEGO DE
     TORRES VILLARROEL.
     Edición de Manuel María Pérez López.
472 *Días y sueños (Obra poética reunida, 1939-1992)*, EUGENIO
     DE NORA.
     Edición de Santos Alonso.
473 *Un Río, un Amor. Los Placeres Phohibidos*, LUIS CERNUDA.
     Edición de Derek Harris.
474 *Ariel*, JOSÉ ENRIQUE RODÓ.
     Edición de Belén Castro Morales.
475 *Poesía lírica*, MARQUÉS DE SANTILLANA.
     Edición de Miguel Ángel Pérez Priego.
476 *Miau*, BENITO PÉREZ GALDÓS.
     Edición de Francisco Javier Díez de Revenga (2.ª ed.).
477 *Los ídolos*, MANUEL MUJICA LAINEZ.
     Edición de Leonor Fleming.
478 *Cuentos de verdad*, MEDARDO FRAILE.
     Edición de María del Pilar Palomo.

479 *El lugar sin límites,* JOSÉ DONOSO.
    Edición de Selena Millares.
481 *Farabeuf o la crónica de un instante,* SALVADOR ELIZONDO.
    Edición de Eduardo Becerra.
482 *Novelas amorosas y ejemplares,* MARÍA DE ZAYAS SOTOMAYOR.
    Edición de Julián Olivares.
483 *Crónicas de Indias.*
    Edición de Mercedes Serna.
484 *La voluntad de vivir,* VICENTE BLASCO IBÁÑEZ.
    Edición de Facundo Tomás.
486 *La vida exagerada de Martín Romaña,* ALFREDO BRYCE
    ECHENIQUE.
    Edición de Julio Ortega y María Fernanda Lander.
488 *Sin rumbo,* EUGENIO CAMBACERES.
    Edición de Claude Cymerman.
489 *La devoción de la cruz,* PEDRO CALDERÓN DE LA BARCA.
    Edición de Manuel Delgado.
490 *Juego de noches. Nueve obras en un acto,* PALOMA PEDRERO.
    Edición de Virtudes Serrano.
493 *Todo verdor perecerá,* EDUARDO MALLEA.
    Edición de Flora Guzmán.
495 *La realidad invisible,* JUAN RAMÓN JIMÉNEZ.
    Edición de Diego Martínez Torrón.
496 *La maja desnuda,* VICENTE BLASCO IBÁÑEZ.
    Edición de Facundo Tomás.
497 *La guaracha del Macho Camacho,* LUIS RAFAEL SÁNCHEZ.
    Edición de Arcadio Díaz Quiñones (2.ª ed.).
498 *Jardín cerrado,* EMILIO PRADOS.
    Edición de Juan Manuel Díaz de Guereñu.
499 *Flor de mayo,* VICENTE BLASCO IBÁÑEZ.
    Edición de José Más y María Teresa Mateu.
500 *Antología Cátedra de Poesía de las Letras Hispánicas.*
    Selección e introducción de José Francisco Ruiz Casanova
    (2.ª ed.).
501 *Los convidados de piedra,* JORGE EDWARDS.
    Edición de Eva Valcárcel.
502 *La desheredada,* BENITO PÉREZ GALDÓS.
    Edición de Germán Gullón.
504 *Poesía reunida,* MARIANO BRULL.
    Edición de Klaus Müller-Bergh.
505 *La vida perra de Juanita Narboni,* ÁNGEL VÁZQUEZ.
    Edición de Virginia Trueba.

506 *Bajorrelieve. Itinerario para náufragos*, DIEGO JESÚS JIMÉNEZ.
   Edición de Juan José Lanz.
507 *Félix Vargas. Superrealismo*, AZORÍN.
   Edición de Domingo Ródenas.
508 *Obra poética*, BALTASAR DEL ALCÁZAR.
   Edición de Valentín Núñez Rivera.
509 *Lo prohibido*, BENITO PÉREZ GALDÓS.
   Edición de James Whiston.
510 *Poesía española reciente (1980-2000).*
   Edición de Juan Cano Ballesta.
511 *Hijo de ladrón*, MANUEL ROJAS.
   Edición de Raúl Silva-Cáceres.
512 *Una educación sentimental. Praga*, MANUEL VÁZQUEZ
   MONTALBÁN.
   Edición de Manuel Rico.
513 *El amigo Manso*, BENITO PÉREZ GALDÓS.
   Edición de Francisco Caudet.
514 *Las cuatro comedias. (Eufemia. Armelina. Los engañados. Medora)*,
   LOPE DE RUEDA.
   Edición de Alfredo Hermenegildo.
515 *Don Catrín de la Fachenda. Noches tristes y día alegre*, JOSÉ JOAQUÍN
   FERNÁNDEZ DE LIZARDI.
   Edición de Rocío Oviedo y Almudena Mejías.
516 *Anotaciones a la poesía de Garcilaso*, FERNANDO DE HERRERA.
   Edición de Inoria Pepe y José María Reyes.
517 *La noche de los asesinos*, JOSÉ TRIANA.
   Edición de Daniel Meyran.
518 *Pájaro Pinto. Luna de copas*, ANTONIO ESPINA.
   Edición de Gloria Rey.
519 *Tigre Juan. El curandero de su honra*, RAMÓN PÉREZ DE AYALA.
   Edición de Ángeles Prado.
520 *Insolación*, EMILIA PARDO BAZÁN.
   Edición de Ermitas Penas Varela.
521 *Tala. Lagar*, GABRIELA MISTRAL.
   Edición de Nuria Girona.

DE PRÓXIMA APARICIÓN

Santa, FEDERICO GAMBOA.
   Edición de Javier Ordiz.